公爵様は変わった趣味をお持ちですが、好きなんです！

Yuuka Fukamori
深森ゆうか

Honey Novel

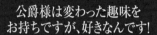

Illustration

鳩屋ユカリ

CONTENTS

プロローグ

（困ったわ……どうしよう……）

　クレリアは今、自分の身の上に起きている出来事に、どう対処していいのかわからず困惑していた。

「ちょっとの時間でいいんだよ。すこーしだけ、俺たちの相手をしてくれよ」

「そうそう、お姉ちゃんの持っているその葡萄酒《ぶどうしゅ》で俺たちにお酌してさ！　それで、ちょっとその可愛《かわい》い尻を撫《な》でさせてくれれば」

「少し胸や尻を触らせるだけで、寄付金を弾むって言ってるんだ。――なっ？」

「そ、それは……」

　クレリアは薄い青の瞳を伏せる。

　柔らかなウェーブがかかるストロベリーブロンドの髪はベールに隠れているが、修道女の志願生である彼女は額帯をつけない。

　そのため眉毛にかかるほどに切《き》り揃《そろ》えた前髪は見えていて、この状況に憂いているように頬に影を落とした。

野スミレ色の淡い紫色のワンピースは、クレリアの儚《はかな》げな印象をさらに強調しているように見え、酒に酔った男たちの劣情を駆り立てていた。

今日は、自分が在籍しているエルマンノ修道院の『葡萄収穫祭』だ。

エルマンノ修道院は孤児院も併設しており、経営資金を賄うために葡萄を栽培し、葡萄酒を醸造し、市場に出している。

本日は、醸造するための葡萄を絞った果汁を支援者や近隣の住民たちに試飲してもらい、批評をもらいつつ、修道院や孤児院で作った野菜や菓子に蠟燭《ろうそく》を販売したり、楽器を演奏したりと、交流を深める祭りを開催していた。

当然、昨年までの葡萄酒も販売しており、この酔っぱらった男たちは一人で醸造庫へ向かったクレリアを捕まえ、いかがわしい行いを強要しようとしているのだ。

醸造庫の裏に無理矢理連れていかれて、クレリアは壁に背を当て、ひどく動揺していた。

元々、異性――特に、年上の男性がたまらなく苦手なクレリアは、恐怖で足が竦《すく》み、動けなくなっていた。

カタカタと小さく歯が鳴る。

「そんな怖がるなってぇ……痛いことなんてしないぜぇ？」

「そうそう、ちょっとその形よいお尻を撫でさせてくれればさぁ？　寄付金に色つけるぜ」

クレリアの様子を見て男たちは、酔って濁った瞳に欲望の色を乗せて、ますます詰め寄っていく。

(だ、誰か……た、助けて……!)

持っている葡萄酒の入った瓶を、強く胸に掻《か》き抱《いだ》いた時だった。

「——お前たち、そこで何をしている?」

刺すような鋭い声がして、一瞬にして男たちがクレリアから離れた。

酒の匂いを吐き出していた息が、かからなくなっただけでもホッとする。

クレリアは、助け船を出してくれた相手と視線を合わせた。

艶やかなブルネットの髪が微風に揺れ、肩を撫でている。梳《す》いて軽さを出しているせいなのか、ちっとも鬱陶しいイメージではない。立ち姿も美しくピンと背筋を伸ばし、首元を飾るスカーフが、彼の端整な動作に彩りを与えていた。

「……あ」

「——あっ」

——この方は。

見知っている相手で、クレリアは思わず声を上げた。

だが、クレリアとほぼ同じタイミングで彼も声を上げたので「?」と首を傾《かし》げる。

こほん、と彼は一つ咳払《せきばら》いをして、酔っぱらっている男たちに威風堂々とした態度で近づく。

「彼女がこの、エルマンノ修道院の志願生と知っての狼藉《ろうぜき》か？　いや、修道院の関係者と関係なく、怯《おび》えている女性に酔った勢いで悪戯《いたずら》など、いい大人がすることではないぞ」

「……え、ええと……その」

男たちも彼が誰なのか知っているようだ。酔って真《ま》っ赤《か》だった顔が、たちまち土気色に変わっていく。

「も、申し訳ないです……ちょ、ちょっとからかってみただけで……」

「酔っぱらった勢いで愚かな行いをすると、後悔することになる。ここは特に、神の膝元なのだ。いくら神が寛大なお方でも限度があろう」

「行け」と彼が手で払う仕草をすると、男たちはヘコヘコと頭を下げながらも足早に去っていった。

完全に男たちの姿が見えなくなって、クレリアはようやく安堵《あんど》する。一気に緊張が解けたせいかカクンと膝が折れ、体勢が崩れてしまった。

「――大丈夫か？」

地にしゃがみかけたクレリアを、彼が支えてくれた。

腕を掴《つか》まれ、腰に手を回してきた相手に一瞬、肩をびくつかせたクレリアだったが、かなりの緊張を強いられた身体《からだ》は、まだ震えが止まらない。

彼が支えてくれないと、このまま地に伏せてしまうだろう。

年輩の男性が恐怖の対象だが、若い男性も苦手なクレリア。異性で、平気で接することができるのは幼い子供までだ。

「……だ、大丈夫、です……お気になさらずにお仕事を続けてください」

クレリアはこの場から去ってもらっても平気だと言うも、彼は首を縦に振らなかった。

「そんな真《ま》っ青《さお》な顔をした上に、ふらついた身体で平気と言われて、本気にする者なんているわけないだろう？」

と突然、クレリアを抱き上げた。

「きゃあっ！」

膝裏に手を差し入れ、背中をしっかりと掴まれてお姫様のように抱っこされて、クレリアの顔が青から真っ赤に染まる。

「掴まれるようなら腕を私の首に回しなさい」

確かにその方が安定するが、自分から男性に寄り添うなんてできようはずがない。

おたおたと腕の置き所を模索していたら、クレリアの戸惑いに気づいたのだろう、

「なら、自分の腹の上に重ねておくといい」

笑顔を向けてくれた。

首を軽く傾けて、こちらの顔を覗《のぞ》き込《こ》む灰色の瞳には、自分の体調を気遣っている優しさ

が見える。

それに、遠目で見ていた時とはまた違う。

鼻筋は真っ直《ます》ぐ通っていて、唇の厚さも大きさもバランスがよく口角が綺麗に上がっている。身じろぎするたびに揺れる髪は、男らしい首に影を落としている。

体型だけでなく、顔の造形も美しく整っている青年だ。

彼が修道院や孤児院に慰安に訪れるたびに、修道女たちが、神に仕える身でありながらも大騒ぎするのもわかる――クレリアは、恐怖と違う胸の動悸《どうき》を感じてしまう。

彼の言う通りに自分の腹の上に手を重ねる。

不思議だ。『怖い』という感情は一瞬だけで、あとは感じたことのない胸の高まりと、彼に守られているという安心感が身体を包む。

女の園であるエルマンノ修道院に、幼少の頃から預けられていたクレリアは、さる事情で異性がひどく苦手だ。

今までだって併設している孤児院にいる年頃の少年さえも、近づかれたら腰が引けるほどで、俗世には戻れないと思っている。

他にも修道女に憧れているというのもあるが『自分は一生この身を神に捧げよう』と、決意しているのだ。

なのに――

(彼に抱き上げられて、こんなに気持ちよく感じるなんて……)

ユラユラと揺れる揺り籠の中にいるよう——

クレリアはそっと瞼《まぶた》を閉じ、この感覚に浸った。

彼はふらつくことなくクレリアを抱き上げたまま、修道院の医務室まで運んでくれた。

「クレリア！」

医務室にいた修道女が男性に抱き上げられた彼女を見て、驚きに声を上げながら近づいてくる。

それからすぐにクレリアを抱く青年の正体に気づき、腰を曲げた。

「アドルナート公爵、フィデル様。ご面倒をおかけしまして……」

空いているベッドに誘導され、フィデルと呼ばれた青年はクレリアを丁寧に下ろす。

「酔いすぎた男たちに絡まれていた。ショックで目眩《めまい》を起こしたようでね……。しばらく安静にしてやりなさい」

「まあ……神の前で、なんていう不届き者でしょう……クレリア、よかったわね。公爵様が救ってくださって」

クレリアは礼を言うのに、寝台に横たわったままでは失礼かと起き上がろうとしたが、フィデルに止められる。

う。

「無理をするな。いいから横になっていろ」

「……はい、ありがとうございます」

彼を見上げる形になってしまい、そんな自分を恥ずかしいと思いながらクレリアは礼を言
ようやく現実味を帯びてきたのだろうか？　クレリアは、自分の声が震えていることに気
づく。恐怖心が再び湧いてきて、助かった喜びと恐れの混じった涙が溢《あふ》れて、止まらなく
なってしまった。

「怖かったのだね」

「……っは、はぃ……」

フィデルの優しい声と一緒に、大きな手がクレリアに落ちてくる。

「大丈夫。もう大丈夫だから」

止まらなくてポロポロと瞳からこぼれ落ちる涙を、彼の指がすくってくれる。

その指はとても気持ちよくて優しくて、クレリアの恐怖を瞬く間に癒してくれた。

「会場に注意喚起を促しておこう。また他の女性をからかっているかもしれないし、他の酔
っぱらいたちの抑制剤になるだろう」

「よろしくお願いします」

フィデルは修道女に告げ、それから泣きやんだクレリアにまた微笑《ほほえ》むと医務室から去って

いった。

「よかったわね、クレリア。アドルナート公爵様に助けていただけて」

「はい。お顔を知られている公爵様でなければ、喧嘩《けんか》になっていたかもしれません」

一般人が注意したら気が大きくなっている酔っぱらいたちは、その人たちにも狼藉を働いたかもしれないのだ。そうしたら騒ぎが大きくなってしまい、エルマンノ修道院にとって決してよいことではない。

素面《しらふ》でない者の醜態は幼い頃に嫌というほど見て、まだ彼女の頭にこびりついている。

そんなクレリアの言葉に「まあ」と修道女は呆《あき》れるように笑った。

「嫌ね、クレリアは。そういう意味で言ったのではないのよ？」

「どういう意味ですか？」

本気でわからず首を傾げるクレリアを見て、修道女はまるで自分の子のように彼女の額を撫でる。

「貴女《あなた》はまだ若いのですから、公爵様のような素敵な男性と、もっと交流を持つべきだと思っていたの。素敵なチャンスだわ」

――フィデル・アドルナート公爵。

国有数の資産家で名門貴族であり、王家の血筋をも引いている、アドルナート家の家長であるフィデル。

若くして家を継いだフィデルはまだ二十三歳だが、執務に励み事業も滞りなく運営し順調で、陛下の覚えめでたい。

それに彼の父の代に現在の地に移転して以来の、このエルマンノ修道院の後援者で、毎月多大な寄付金を納めてくれる。

安定した経営のために、この国の名産である葡萄酒を修道院でも醸造して市場に出す、という提案をしたのも、前アドルナート公爵であるロバートだった。

おかげで併設している孤児院の子供たちのほとんどはこの葡萄園で働き、職にあぶれることもなく、また十分な教育を施せるまでになった。

そんな人格者であったアドルナート公爵の跡目を継いだフィデルも負けず劣らずだと、エルマンノ修道院が建つこの地域では、野良猫まで彼の顔を覚えているだろうとの人気ぶりだ。

そんな公爵に助けてもらった上に医務室まで抱いて運んでもらって、クレリアは今更ながら大変な名誉なことだと気づく。

――でも、これをきっかけに親密な関係に発展させようなんて、これっぽちも思っていない。

「いいえ。公爵様ほどのお方が、私のような者に興味など抱かないかと思います。やはり私は前からお願いしている通り、修道女として生きていきたい……」

「意志は変わらないようねぇ……」

修道女は、肩を揺らしつつ息を吐き出す。

修道院で生活して、修道女に憧れたクレリアは『修道女になりたい』と、ずっと院長にお願いしてきた。

クレリアは家庭の事情で、この修道院で過ごしている。

家庭で過ごしていた時の環境がよくなかったせいか、彼女にとってエルマンノ修道院の生活が一番で理想だと思うようになっていた。

強く修道女になることを希望して、再三お願いしているのに『まだ若いのだから外で色々経験してからでも遅くはない』と、はぐらかされてしまう。

十六の歳にようやく『修道女志願生』になることを許され、それから早二年の歳月。

(確かに、この修道院で十代で修道女を目指す人ってそういないから、反対されるのもわかるのだけど……それにしたってアドルナート公爵のフィデル様を勧めるなんて、おかしな話だわ)

クレリアは伯爵の地位の父を持つも、すっかり没落した貴族だ。

そんな父に捨てられた形で修道院に入って、孤児同然だというのに。

——そんな自分に、彼と釣り合うなんて誰が思うのか。

(嫌ね……。恋愛小説のような話を期待しているような考えじゃない……?)

いつもは怖いと思う異性に近づけた。

皆が尊敬し、憧れているアドルナート公爵と触れ合うことができた。
それだけで十分じゃない？
クレリアは今日、自分の身に起きた奇跡のような出来事を神に感謝した。

一章

エルマンノ修道院院長と孤児院院長に見送られ、フィデルは馬車に乗り込む。

気品と知性に溢れた笑顔を二人に向けながら、車窓から手を振り馬車はその場から去る。

もう日が西へ傾き、夜の帳《とばり》が下りようとしている青黒い空を、フィデルは感慨深げに眺めていた。

同乗するのは、年若い従者のニコルと秘書のモルガンの二人。

特にモルガンは父親の代から秘書を務め、引き続きこうして仕えてくれている。フィデルは彼を兄とも父とも慕っている。

車窓から遠くなっていくエルマンノ修道院の姿を、ずっと名残《なごり》惜しそうに眺めているフィデルにモルガンは言った。

「なんでも、クレリア嬢が祭りの途中で酔っぱらいに絡まれたとか……」

「ああ……」

「院長が何度も礼を申しておりました」

「ああ……」

気の抜けた返事を繰り返すフィデルだったが突然、両手で顔を覆う。

隠れた顔から、はああああああああと、長い息が漏れた。

「……クレリア……尊い……」

吐息と共に吐き出したフィデルの言葉に、モルガンとニコルは顔を見合わせた。

それからガバッと顔を上げた彼の表情には、ハッキリとした怒りの色が滲《にじ》んでいた。

「天の御使《みつか》いのごとくに清らかなクレリアを、泣くほど怖がらせて……断じて許さん！　明日にはすっかり酔いが覚めよう。モルガン、彼らにはきちんと罰を与えるように」

「はい、かしこまりました」

モルガンの返事に満足そうに頷《うなず》くフィデルに、ニコルは少年らしい率直な意見を言う。

「クレリア嬢を、妻として迎え入れたらいいじゃないですか？　ずっと好いているのですから」

「馬鹿を言うな！　クレリアを『妻』にだと？　あの清らかで尊い彼女を、俗世間の中に放り込めと？　私ごときが、彼女の聖女性を保ったままに薄汚い下界へ連れていけるはずがないだろう！　こうして時々彼女を遠くから見つめ、崇《あが》め奉る……それだけで私は、十分に幸せなんだ。――そしていつの日かエルマンノ修道女として、修道服に身を包んだ彼女の、神に祈りを捧げるその姿を眺め、私は感激に涙を流すだろう……」

「単に、ご令嬢の修道女服姿を見たいだけでは？」

モルガンの横やりに「ぐっ」とフィデルは喉を鳴らす。

「クレリア様の志願生のお姿も清らかですもんね」

ニコルの言葉にフィデルの灰色の瞳が、金粉でもまいたように輝く。

「そうだろう？　志願生の服であれほど尊いのだ。晴れて修道女になり、正式な衣装を身につけた彼女を想像するといい！　白地のワンピースに薄紫色のスカプラリオ。葡萄の蔓《つる》を模した腰縄。ウィンプルの額部分には、もちろんエルマンノ修道院の象徴である葡萄の蔓に巻かれた十字架の刺繍《ししゅう》だ。そして最後の仕上げには薄紫色のベール……！　想像するだけで感涙しそうになるほど美しい……！」

本気で涙が溢れているようで、フィデルは目頭を押さえていた。

父が病に伏して、代行でエルマンノ修道院へ慰労にやってきてから早三年。

その間に父は亡くなり、自分が跡目を継いだ。

執務に忙しい毎日の中、月に一度は必ず修道院を訪れた。

──心の癒しである修道女たちの姿と、クレリアを見るために。

「三年前までの私は『アドルナート家を継ぐに相応《ふさわ》しき人間に』と日々、精進するのみの生活で、己の『生き甲斐《いがい》』というものを軽視していた。だが……エルマンノ修道院に来てから、私は初めて『生きる』という意味を知ったのだ！　……あの修道服に身を包む女性たちのなんと気高きことよ！　いや、どの修道服も素晴らしいのだが、特にエルマンノの修道服は美しい！　父が監修をしただけある！　早く、クレリアの正式な修道女服姿を見たいものだ……！」

「でもどうしてクレリア様は、なかなか修道女にならないのでしょうか？　志願生になってから、もう二年経《た》ってますよね？」

ニコルの疑問に、フィデルは浮かない顔をした。

「エルマンノは基本、二十歳を過ぎた女性のみを修道女として受け入れる。十代はまだ見合いなどの話が持ち上がるからな……クレリアはまだ十八。あと二年もある。……長いな」

フィデルは切ない息を吐き出す。

「修道女にはならないかもしれませんね、クレリア嬢は」

「何？　それはどういうことだ？」

修道女にはならない――フィデルは、悲痛に端整な顔を歪《ゆが》め、モルガンに視線を向けた。

そんな主人にモルガンは眼鏡《めがね》を上げると、淡々と答えた。

「先ほど、ご自分でもおっしゃったでしょう？　『結婚』話ですよ。縁談が幾つか来ているそうですよ、クレリア嬢には」

「――なっ⁉」

フィデルの顔が、みるみるうちに青くなった。

百面相を見せる主人を気にすることなく、モルガンは話を続けていく。

「お忘れではないでしょうね？　フィデル様の亡き父君であらせられる、ロバート様のお言葉を」

父の名が出て、フィデルは神妙に頷く。

「ああ。父と私が同じ嗜好《しこう》を持つ者同士だったということをな」

「言いたいことは、そこではありません」

「冗談だ、わかっているよ。だからこそクレリアが修道女として生きていく選択に、私は反対しない。これからもそのつもりで見守っていくよ……」

「しかし、ごらんの通りクレリア嬢は大変に麗しくご成長された。だからこそ地域の貴族や裕福な商人たちが『妻に』と望んでいるのです。この中に、もしやクレリア嬢の秘密を知っている者も、いるやもしれませんし、彼女の父親の方に話が行ってしまえば、金に目が眩《くら》んでホイホイと差し出すでしょう」

「悠長に『見守っていく』などと、言っている場合ではないということか……」

モルガンの意見に、フィデルは顎《あご》を擦《さす》りながら唸《うな》った。

「せっかく今回の事件でクレリア嬢と接触したのですから、これを口実にこちらから縁談を申し込めば、怪しまれることなくロバート様とのお約束も守れましょうし、断っても断っても山のように来るフィデル様宛の見合いの話もなくなり、辟易《へきえき》することもないかと」

「私の見合いを断るためにクレリアを利用したくはない。……だが、そうか……そうだよな、懸念すべきだった。彼女はちょうど結婚適齢期だった。十代だから志願生のままという理由の意味を、もっと深く考えるべきだった」

「フィデル様、貴方も結婚適齢期です」

「私のことはどうでもいいんだ」

付け加えたモルガンの言葉ににべもなく答え、フィデルは頭を巡らせた。

——確かに初誓願までの二年の間に、きっとクレリアの元には縁談の話がごまんとやってくるだろう。

(あの聖女性のある清らかな姿に惹《ひ》かれる者は、私だけではないのは当たり前か……彼女はそれだけ美しい)

元々貴族の子女だったクレリア。修道院でも、恥ずかしくないよう教育をしていると院長から聞いている。

『いつよいご縁談が舞い込んできてもいいように、しっかりとした教育を受けさせるようにと、前アドルナート公爵ロバート様からの言いつけでございますから』

遠目から見守り続けてきたが何気ない所作の美しさは、彼女の本来の性質にもよるものだとフィデルは思っている。

容姿だけでなく彼女の心構えに立ち振る舞いは、独身の男性の心を虜《とりこ》にするのだろう。

（いや……！　まずい、まずいぞ……！）

「モルガン。クレリアに求婚をしてきている者の中には、未婚者だけではなくて、寡夫とか、愛人として囲うために名乗り出ている不届き者もいるのか？」

「そのようです。院長の口からすべて断っているようですが、諦めきれず、何度も訪問してくる者もいるとか」

「なんということだ……！　その男たちは、クレリアを侮辱する気か！　妻を亡くし新しい連れが欲しいというのはわかる！　いや、亡き妻の代わりというのも許せんが、もっとけしからんのは、愛人扱いしようとする者だ！　あの尊い彼女を、そのような日陰の身に置かせていい気になるつもりか！」

「本当にけしからぬ話です。しかし、このような縁談は今が花盛りのクレリア嬢にひっきりなしに来ていて、院長も断るのが大変だとか……。このままだと思い詰めて修道院に忍び込み、クレリア嬢をさらっていく者が出てくるのでは、と危惧しているとおっしゃっておりました」

フィデルの眉間に深く皺《しわ》が刻まれる。

求婚する男たちは彼女の聖女的な美しさに惹かれて、それを踏みにじりたいという暗い欲求を持っているだけで、決してクレリアそのものを愛しているわけではないだろう。

「クレリアの秘密を知って……求婚しているとは？」

念のために尋ねる。モルガンは、

「それに関しては心配ないでしょう。クレリア嬢の父親が気づかなければ――まあ、現妻の実家の商売が安定しているようですので、しばらくは探ってこないでしょう」

と答えた。

「だが、このまま彼女を修道院に置いておくのも危険なようだな……葡萄園に見張りをつけているが、修道院にまで見張りをつけると『やんごとない者がいる』と余計に怪しまれそうだ」

「でしょうね」

しばらく車内が静かだった。フィデルが考えに耽《ふけ》ってしまい、モルガンもニコルも口をきかずに主人の次の言葉を待つ。

フィデルは自分の感情に戸惑いながらも、必死に最善の方法を探っていた。

――クレリアに、たくさんの縁談が。

持ち込まれた縁談の中には、邪《よこしま》な考えでなく純粋に彼女に惹かれて申し込んだ者もいるかもしれない。

そう思うと、胸の内にモヤモヤとした煙のようなものが漂う。

本当にそのような者がいるかどうか、フィデルは彼らの本心を探る術《すべ》なんて持っていない。

知るのは己の心のみだ。

自分は彼女を一人の女性というより「聖女」扱いして奉っているが、少なくとも他の男性に嫁ぐより、ずっと彼女を尊重し大事にできると確信を持っている。

（……彼女が輝く場所は、修道院だとわかっている……だが、心根の優しい彼女のことだ。これからもやってくる縁談の中で強引な者がいたら、根負けして結婚を承諾してしまうかもしれない）

――なら処女性を守ると伝えて、夫婦として自分が彼女を引き取ればいい。

（そうして頃合いの時期に修道院に戻せば、彼女の願い通りに修道女になれるのではないだろうか？）

うん、それがいい。心を決めた。

「モルガン」

呼ばれ、モルガンは「はい」と答える。

「地位的にも資産的にも、私が結婚を申し込んだ方が彼女にとってはよさそうだ。お前の言う通りにしよう。早いうちに、エルマンノの院長宛にクレリアに縁談の打診をしてくれ」

「かしこまりました」

フィデルに頭を下げたモルガンは「してやったり」と、口角を上げ満足そうに笑みを浮かべていた。

「……え？　院長？　今、なんておっしゃいました？」

デスクを挟み、椅子に座り満面の笑みを浮かべている院長に、クレリアは今一度尋ねる。

「ええ、ええ！　何度でも言いましょう、クレリア！　貴女に最高の縁談が来ましたよ！

お相手はフィデル・アドルナート公爵様です！」

空耳ではなくて？　クレリアは信じられず「本当ですか？」と再び尋ねた。

「本当です。これが打診の手紙ですよ、お読みなさい」

院長から、レースを縫いつけたように美しい、金色の唐草模様で彩られている封筒を受け取る。蠟印は羽が生えた獅子《しし》二頭が、十字架の描かれている盾を支えている紋章で、確かにアドルナート家の印だ。

封筒から便箋を取り出すと、おそるおそる開き読んだ。

少し角張った書体を読み進める。はっきりと『クレリア・アバーテ嬢との縁談を申し込む』と書いてある。

「収穫祭で貴女を見初めたそうですよ。それからまだ三日と経っていないのに、こうしてすぐに申し込みが来るなんて、よほど貴女が気に入ったのに違いありません」

「……でも」

クレリアは難色を示した。

自分は確かに母の「アバーテ」の名と男爵の爵位を継いでいるが『公爵』と『男爵』では

身分に差があるし、財産だってない。

伯爵の地位を持つ父は富豪で商売を手広くやっている商家の娘と再婚し、現在は順風満帆らしいが『前妻の子はいらない』と縁を切られ、この修道院に入れられたのだ。

地位や財産を頼みに父と連絡を取れば、問題は解消されるだろうが——

(それは嫌……!)

クレリアは過去の恐怖を払うように首を振る。

「……院長。この縁談、お断りしてください」

「まあ！　クレリア！」

クレリアの言葉によほど驚いたのか、院長ががけたたましい音を立て椅子から立ち上がる。

「修道院《ここ》の最大の支援者であるアドルナート公爵からの申し出ですよ？　こんな素晴らしい縁談は、これから待っていてもありませんよ？」

「申し訳ありません……。でも私では公爵様と、とても釣り合いそうにありませんし」

「そんなことありませんよ、クレリア。私たちは貴女に、嗜《たしな》みも礼儀も教養も惜しみなく教えてきました。貴女はそれに十分に応え学んできました。社交界に出しても恥ずかしくないと自負しております。公爵様はそんな貴女を見初めたのです。自信を持ってお受けしていいのですよ」

「院長……。今まで私に与えてくださった数々の教育に感謝しております。けれど……どうしても自分が公爵様に相応しいと思えないのです。それに私は修道女になりたい……」

ごめんなさい――と涙を溜《た》めて謝罪するクレリアを院長はしばらく見つめ、残念そうに息を吐き出した。

「……仕方ありませんね。意志が固いようですから。でも、せっかくご丁寧に手紙をくださったのです。お返事は貴女が書きなさい。貴女の言葉でお断りの返事を書いた方が、先方も納得するでしょうから」

「はい」とクレリアは院長に申し訳なく思いながら頭《こうべ》を垂らした。

早速その晩、クレリアは公爵宛に手紙をしたためた。

(フィデル様……)

目を閉じると、彼の笑顔をはっきりと思い出せる。

艶やかなブルネットの髪に、自分を見つめる優しげな光を持つ灰色の瞳。

端整な顔は、まるで絵本の中の騎士のようだった。

それから、抱き上げられた時の、あの不思議な高揚感と胸の高まり。

目を閉じた時に、どうしてか瞼の裏に虹色の光が見えた。これが初恋というものが与えてくれた、世界の彩りなのだろう。

(私はこれだけでいい。私はフィデル様に相応しくないもの。この想《おも》いを胸に神に仕えていけばいい……)

何枚かの書き損じの手紙を前にしてクレリアは十字を切り、手を重ね合わせた。

しかし――クレリアの願いに反して、また縁談の申し込みの手紙が来たのだった。

今度は直《じか》にクレリア宛で、しかもフィデル本人からの手紙だったものだから、本人だけでなく院長も驚いて目を白黒させた。

『身分が貴女の心を陰らす要因ならば、養子縁組という手段もあります。』

「院長、どうしたらいいのでしょうか……」

「クレリア。公爵様は貴女のことを諦めきれないのよ」

困惑を顔に乗せたクレリアに対し、院長は嬉《うれ》しさを隠しきれない表情を見せる。

そんな院長にもクレリアは戸惑ってしまう。

(私は修道女になってはいけないのかしら……？)

手紙を手にしたまま俯《うつむ》くクレリアを院長が説得していると、部屋の扉を叩《たた》く者がいる。

叩き方が粗野な上に何度も叩くものだから、院長が怪訝《けげん》な声を出した。

「どうしたのです？　そんなに慌てなくても聞こえていますよ」

「し、失礼します……！　あ、あのク、クレリア……大変よ！　大変な方が貴女に面会を！」

入ってきたのはまだ新人の修道女で、俗世の習慣が抜けきれていないらしい。好奇心に溢れた瞳を輝かせて入ってきた。

「まあまあ、いったい何方《どちら》がいらっしゃったの？」

「こ、こう、公爵様、アドルナート公爵のフィデル様です！」

「……えっ？」

手紙が届いたばかりのタイミングで、本人が訪問？

クレリアは引きつった顔を院長に向ける。

「あ、あの……ど、どうしたら……」

「落ち着いて、クレリア」

とクレリアの肩を優しく撫でつつ、新人の修道女に公爵を応接間に通すよう伝える。

「手紙のやりとりだけではまどろっこしいのでしょう。公爵も、お若い方ですからね。気が急《せ》いているのかもしれません」

「私……でも……」

「公爵様のお話を聞いて、そして自分の考えを直接お伝えなさい。そうして対話を重ねて、互いの気持ちや考えを伝え合うのです。好きとか嫌いとか、結婚とか考えなくていいわ。人間、まずわかり合わないと……ね？」

「……院長」

(『好き』『嫌い』――なんて……『嫌い』なわけ、ないわ)

修道女になろうとしてるのに、彼と会うとそんな決心が揺らいでしまうに決まってる。

しかしこうして面会に来てくれたのを、会いもせず追い返すのは礼儀に反している気がして、クレリアは戸惑う中フィデルの元へ出向いた。

応接間に入ると、彼は窓際に立ち、庭を眺めていた。

「ああ」と短く声を上げると、笑顔を向けてくれる。

柔らかな眼差《まなざ》しを乗せた笑みは、クレリアを落ち着かなくさせるには十分だった。

それでも失礼にならないようお辞儀をするが、自分でもぎこちなく感じて恥ずかしい。

「突然に来て悪かったね。もしや手紙はまだ、君に届いていない？」

「いいえ、届いて……内容について先ほど、院長と話をしていました……」

緊張で掠《かす》れてしまう声で答えるクレリアに、フィデルはちょっと首を傾げた。

「よかったら庭を案内してくれないだろうか？　天気もいいことだし、花や果実の香りを楽しみながら話をするのもいいだろう」

そう提案したということは、ここでは話しづらい内容があるということだろう。

(こうして移動を提案してくる場合は、深刻な話が多いって院長が教えてくださったわ。……でも、艶めいた秘め事の時にもって聞いた……)

大丈夫かしら？　とクレリアは不安になった。

こんな昼間から、無体なことなんてするかしら？　とも思う。

そんな表情が出ていたのかフィデルは苦笑し、さらに言葉を紡ぐ。

「私は、あまり花やハーブの名を知らなくてね。ご教授願えないかな？」

再度、催促されて断っては失礼だ。クレリアは「はい」とおずおずと頷いた。


修道院の中庭には、各種のハーブが植えてある。

ハーブはさまざまな薬効があるので、食材や通常の薬として栽培している。また薫《かお》り高いので、ドライハーブとして室内や衣装の香りづけや消臭にも利用している。

クレリアは、各ハーブごとに整然と植えてあるハーブ園を案内した。

フィデルは興味深そうにフンフン、と頷きながらクレリアから教えを受けている。たまに薬効など聞いてきて、真剣に自分の話に耳を傾けてくれていることが嬉しい。

「向こうの丘は、果樹園として利用しています」

果樹園はちょうどイチジクや桃の収穫時期で、孤児院の子供たちが我先にと争うように果物をもいでいる。

「賑《にぎ》やかだな。ここからでも声が聞こえてくる」

遠目に見ても子供たちの様子がわかって、フィデルがおかしそうに笑った。

「桃もイチジクも子供たちに人気の果物ですから。食事用に採っても我慢できずに摘《つ》まみ食いして、ご飯が食べられないという子もいるんですよ」

「私も幼い頃はそうだった。もいだばかりの果物は美味《おい》しくて、使用人の目を盗んで食べたものだ」

「公爵様も？　……実は私も、ここへ来た頃はよくやって……お腹いっぱいになってしまって夕食が食べられなくて……しょっちゅう叱られました」

「それはどこの子供も共通だな！」

フィデルの朗らかな笑い声につられ、クレリアも笑う。

似た経験の過去を持つ――胸がくすぐったい。

共通の会話ができることが、こんなにもワクワクするものなのか。

「それから――向こうは葡萄園です」

クレリアは果樹園から、真逆の方向を指さす。

修道院自体、小高い丘に建っているので平地にある葡萄園は、ここからよく見えた。

「君は葡萄の収穫も手伝っているのかい？」

「はい。毎年手伝っています。収穫の時期は、何人いても困ることはありませんし」

「日が照る上に暑いだろう？」

「でも、太陽の恵みがないと、よい葡萄酒はできませんから……これも生きるための試練だと思っています。お陰で孤児院にいる者たちにも十分な食事と教育も施せます。これもひとえに公爵様のお陰です」

「葡萄園と醸造は私ではなく、私の父の案だ。私は経営の維持と発展に力を貸しているだけ。

でも、そう言ってもらえると嬉しいな。きっと亡き父も喜んでいるだろう」

「そんな……！　公爵様が寄付だけでなく技術者を呼んで、よりよい発展に協力してくださるからだと思います」

思わずムキになって返してしまい、クレリアは「すみません」と頬を染めた。

「いや……私も役に立っているようだ。それがわかって嬉しく思う」

フィデルが、はにかむように笑う。

それが殊の外、嬉しそうに見えてクレリアも嬉しかった。

先代から引き続いて支援をしてくれているだけでもありがたいのに、安定した供給ができるよう、発展に協力してくれているのだ。そうしてこの葡萄園も醸造所もどんどん拡大していった。修道院や孤児院だけでなくこの地方一帯が潤うようになった。

この地域の住民たちがアドルナート公爵の顔を見知っているのは、そういった背景があるからだ。

だからクレリアが酔っぱらいに絡まれた時、男たちは大人しく去っていった。

「あの収穫祭の時、助けていただきありがとうございます」

改めて彼に礼を述べる。

「当然のことをしたまでだ」と当たり前だと答えた彼を見て、思い出したことがあった。

「あの……つかぬことをお尋ねしますが、私たち、以前どこかでお会いしたことはあったでしょうか？」

「修道院の慰労に定期的に訪問しているから……」

「い、いえ……そうではなく。修道院以外の場所で……、ええと、私が修道院にやってくる前、と言った方がよいかもしれませんが」

「いや、私の記憶では覚えがないが……」

きょとん、とされてクレリアは「なんて馬鹿なことを聞いたの」と後悔した。

「す、すみません……！　助けてもらった時に私の顔を見て驚いていらしたので、もしかしたら以前にどこかでお会いしたのかと……！」

彼女の言葉に思い出したのかフィデルも「あぁ」と、声を上げ、それからつっかえつつも話してくれた。

「それは、うん……そうではなくて……実は……そう！　以前から君のことを……見ていたものだから」

「……見ていた？　私を、ですか？」

「ああ、修道服を着たらきっと――ではなく、志願生の服もよく似合……ではなく、その、気になって……色々――そう！　色々と！　とにかく初めてここに慰労に来て以来、ずっと君を……クレリアを見ていた。君は気づかなかっただろうが……」

「……私を？」

——ずっと、見ていた？

ここへフィデルが来るようになったのは三年ほど前。

（それからずっと私を……？）

「まったく気づきませんでした……」

自分の鈍さにクレリアは顔を赤くした。

「君に次々と縁談が舞い込んでいると聞いて、いてもたってもいられなくなってね」

「それは初めて聞きました」

「院長が断っていたらしい。君に『修道女になりたい』という強い意志があったからだろう」

「ええ、そうですけれど……」

——では、どうしてアドルナート公爵からの縁談は通したのか？

そう考えると、思い当たることが一つある。

「……院長はもしかしたら公爵様からの縁談を断れば、修道院と孤児院への支援がなくなると思って、初めて私に縁談の話を通したのかもしれません」

エルマンノ修道院と孤児院の寄付などのアドルナート家の支援は、他の支援者たちの合計の半分をも上回る。自分の返答一つで、その資金のすべてを打ち切られてしまうのだと思うと、クレリアは哀《かな》しくなった。

ことなどしない」

「勘違いしないで欲しい。たとえ君がこの求婚を断ったとしても、腹いせに支援を打ち切る
　はっきりと言い切ったフィデルにクレリアは「本当に？」と涙を溜めた瞳を向けた。

「当たり前だ。こうして生き生きと生活している民たちを、私怨で不幸に落とそうなんて領主として恥ずかしいことだ。それに私にとっても、ここは癒しの場」

「公爵様のお心も癒されているのですね……」

「ああ、清らかな修道女服――いや、修道院とこの地域の空気は本当に癒される。仕事が忙しくなければ、もっとここに来たいくらいだ」

　肩に触れ、優しく語りかけるフィデルに、クレリアは安心して目尻に溜まった涙を拭う。

「クレリア。……その、それで、私との結婚には頷いてくれないのだろうか？」

「……あ」

　やや腰を下ろし、自分を覗き込むように顔を近づけてきたフィデルに、随分と近い距離で話し込んでいたことにようやく気づく。

　綺麗な顎の形に繋《つな》がる、なだらかな顔の輪郭。端整な顔を造る形よい鼻に、バランスの絶妙な口。

　そして、何よりもクレリアの視線を釘づけにするのは――灰色の澄んだ瞳。

　瞳に魅入られ、思わずジッと見つめ返していることに慌てて目を瞑《つぶ》り首をもたげる。

「す、すみません……不躾《ぶしつけ》にジッと見つめてしまいまして……！」

顔が熱い。火照る顔を必死で手のひらで冷やそうとしても、手まで熱くなっているので意味がない。

「いや、すまん。私も距離を考えずに迫ってしまって……」

フィデルの方もほんのりと頬を染めて、無造作に髪を掻き上げていて、恥ずかしさに無駄に身体を動かしている。

(変だわ……私)

男性が苦手だというのに、彼に対しては全然平気で、普通以上に話し込んでいる。それどころか、女性同士の会話とは違う高揚感と楽しさを感じているなんて。

おそらくこれが恋なのだろうと、クレリア自身、感じている。

だからといって今まで苦手だった男性に、ここまで打ち解け、近い距離で話せるなんて驚くしかない。

(そうだったわ……。私の『男性恐怖症』のこともお話をしておかないと……)

手紙には『身分違い』ということと『修道女になりたい』ということを全面に押し出して書いた。縁談を断ることも修道女になりたいことも、すべて過去に起きた事件が原因なのだ。

(でも、こんなこと告白したら公爵様は、私を汚い女だと思うかしら？)

それで白紙に戻されるならそれでいいじゃない、と思うのに、彼に汚らしいという目で見られるなんて胸が痛くなる。

——でも、言わなくては。

(こんな私を妻にと望んでくださっている公爵様に、隠し事なんてしてはいけないわ)

「……公爵様、お話ししなくてはならない旨がございます」

「何？」とフィデルが首を傾け、自分に向ける眼差しをまともに見られなくて、痛む胸を押さえながらクレリアは口を開いた。

「……私、男性が、特に中年以降の男性が苦手なんです。多分『苦手』どころではなくて、近づかれるだけで動悸《どうき》が治まらず、震えたり泣き出したりします……怖いんです。そのせいか中年の方だけでなく、男性そのものも駄目になっていて……本当に不思議なんですが、公爵様には平気でこうしてお話もできますし、近づかれても震えたり泣いたりしない。……でも、公爵様の求婚を受けたら妻として社交に出なくてはならなくなる。怖いのはその時です。公爵様は平気でも、他の男性が近づいてきたら私、平静でいられる自信がありません……」

静寂が起きた。

聞こえるのは、果樹園から聞こえてくる子供たちの喧噪《けんそう》のみだ。

男性が苦手になった理由まで話すことは憚《はばか》られた。自分からは、どうしても言えなかった。

『どうしてそうなった？』と理由を聞かれるかもしれない。

その時には答えよう、とも思う。

「クレリア」

名を呼ばれ、前できつく握っていた手に人の体温が重なる。フィデルの手だった。

「こうして触れられて、怖いかい？」

「……いいえ、公爵様は……怖くありません……」

「では、これは？」

いきなり手を引かれ、早足で進んでいく。

「きゃっ⁉　ど、どこへ？」

と言いつつ、すぐにわかった。果樹園だ。

「公爵様だ！　おーい、アドルナート公爵のフィデル様がこっちに来たぞー！」

「本当だ！　フィデル様！」

「ようこそー！　クレリアも一緒だぞ！」

子供たちがわっと歓迎の声を上げて、二人に駆け寄ってくる。

「うーん、果樹園に近づくと、そこら中に甘い匂いが漂ってたまらないな！　私とクレリアにも一つ分けてくれないか？」

「いいですよ！」

「今、もいだばかりの新鮮で熟した桃だよ！」

「イチジクだってあるんだから！」

子供たちが一斉に「はい」「はい」「はい」と、自分がもいだ最高の果物を渡してくれる。

「さすがにこんなに食べられないな」

「本当に」

子供たちの元気さにフィデルは笑い、クレリアもつられて笑う。

断れなくて子供たちから桃やイチジクを両手いっぱいに受け取り、それでも積んでいくものだから、ぽろぽろと地に落ちてしまう。

落ちてしまった果物を拾っては腕の中へ戻してはまた……と、子供たちと笑いながら続ける。

時たま男の子と頭をぶつけて、互いに撫で合って。

少年が籠を持ってきてくれて、そこに果物を入れて。

「ジャムにしよう」というクレリアの案に、フィデルを含む子供たちと、あとからやってきた孤児院の少年少女たちも賛同して、一緒に皮むきを始める。

小さく切った果実を大きな鍋に入れて砂糖と煮込む。ついでに絞った果汁を飲んだり、パイを作ったりしていたら——いつの間にか日が傾いていた。

焼き上がったパイとジャムを籠の中に入れ、修道院に戻る。

「公爵様ー！　クレリア！　またねー！」

孤児院から皆が手を振って見送ってくれて、二人は笑顔で手を振り返す。

「どうだった?」

「……どうだった……というと……?」

「おそらく小さな男の子は平気だろうと思っていたが、途中からやってきた少年たちは怖かった?」

「……あっ」

確かに。自分とそう年齢の変わらない少年とも、普通に接することができた。

それに孤児院の経営に携わっている若者たちも挨拶に来たのに——身体になんの異常も出なかった。

「少しずつでいいと思う。君が安心できる場所を広げていけば……いつか修道院以外でクレリアが安心できる場所ができて、それが私の傍《そば》だと嬉しい」

「公爵様……」

「フィデルでいい」

「……はい、フィデル様」

——今まで無理だった男性に近づけるようになったのは、きっとフィデル様が傍にいてくれたから。

クレリアはそう思う。

彼が傍にいて微笑んでくれるから、何かあっても手を差し伸べてくれるだろうという安心感があったから、きっと平気だったんだ。

丘から下る場所に差しかかり、フィデルが手を差し伸べてきた。

――クレリアは自然に彼の手を取ることができた。


それからフィデルは、三日に上げずクレリアに会いに来てくれた。

たまにフィデルの従者だというニコルも付き添ってピクニックに行ったり、秘書のモルガンも一緒に葡萄の収穫をしたりと、クレリアが安心できる場所を広げてくれる。

（修道女として生きる道しかないと思っていたのに……）

日に日にフィデルへと傾いていく自分の心が憎いと思う反面、この変化に感激を覚える。

彼と会った時の嬉しさ。そして別れた時の虚脱感。

もう初恋のような甘酸っぱい感情から、とうに外れてしまっていると気づき、クレリアは後戻りができないことを悟った。

彼の誠意と向き合ってきて、自分は彼に大事にされるだろうとも感じて――次にはっきりと言われたら、断ることなどできないだろうとも。

――彼が手を取り、再び求婚してきたのは赤く葡萄が色づき始めた頃だった。

「クレリア、どうか私の妻になって欲しい」

「……修道女になりたいという願いを、なかなか捨てられないと思います。それでもよろしければ……」

「そのことに関しては心配しないでくれ。できるだけ君の気持ちに寄り添える形にするし、気分だけでも浸れるように私に策がある」

「――？」

気分だけとは？　意味がわからず首を捻《ひね》ったクレリアだったが、彼なら悪いことなどしないだろうと、すっかり信頼していた。

だからこそ「よろしくお願いします」とフィデルの求婚を受けたのだった。

二章

アドルナート公爵フィデルとクレリア・アバーテ男爵の挙式は赤く熟れた葡萄の収穫後という、求婚から驚異的な早さで行われた。

収穫最盛期の時期を外し、また、本格的な冬が来る前に執り行いたいという希望を上げた結果である。

公爵らしく豪奢な式をという国王陛下の要望もあったが「派手さは好まない」というフィデルとクレリアの意見が一致した結果でもある。お披露目や祝賀の宴は華やかに行うと陛下に約束をし、クレリアの育ったエルマンノ修道院で厳かに執り行われた。

何度も神の御前での誓いだけでいいのか？　とクレリアにフィデルは尋ねたが、クレリアは「それでいい」と意志を曲げなかった。

「これから先、陛下のお約束を果たすために宴を催したり、また舞踏会や夜会へ出向いていかなくてはならなくなります。フィデル様に余計な負担をかけるわけにはいきません」

「……君の心遣いは嬉しいが、それくらいで没落するような財ではないが？」

眉を寄せて困ったような表情のフィデルに、クレリアは重ねて言った。

「いえ、そういう意味ではありません。その、私のために使うのは、ほどほどでいいんです。その分、領地の民たちに投資してくだされば、という意味です。――それに、これ以上望んだら『欲張り』と神から叱られそうです」

「貴女は、何を望んだのかい？」

「そ、それは……な、内緒です」

フィデルに真っ直ぐに見つめられ、クレリアは直視できなくて頬を染めながら俯く。

そんな慈愛の籠もった眼差しで見つめられたら、何も言えなくなる。

――初恋の目覚めと、その相手との結婚。

（一生、縁なんてないと思っていた、愛する人との結婚生活を送ることができる……私はそれだけでいい……）

「それに――修道院の皆さんが縫ってくれたこの白のワンピースに、孤児院の皆さんがこの時期に、見つけてくださった花で作ったブーケ……素敵ですもの」

ハイネックにウエストにタックがあるだけの、シンプルな膝下のワンピースに、共布で結ばれた野の花。

そして修道院の祈祷所には昔から馴染《なじ》みある修道女たちや孤児院の子供たち、葡萄園で働いている者たちが満面の笑みを浮かべ、自分とフィデルを今か今かと待ちかまえている。

「……幸せです。これ以上欲張ったらいけないと……」

「クレリア……」

泣きそうになって、ぐっと唇を噛《か》み締めるクレリアの頬をフィデルは優しく撫でる。

「私は君の志を守っていく。安心して欲しい」

「はい……」

一呼吸間が空き、そうしてフィデルが悩むように口を開いた。

「クレリア。君の父君のことなんだが……連絡をしなくてよかった？」

「……はい。正式に縁は切られておりますし。向こうにも家庭がありますから……」

母が亡くなり、父は一年もしないうちに新しい妻を娶《めと》った。

しかも——一回り以上も年下の、豪商の一人娘だった。向こうは事業のために父親の爵位が欲しくて、父は金が欲しかった。

利害が一致したが、問題は父が『こぶつき』という件だった。まだ若い継母は『こんな大きな娘など欲しくない！』と一緒に暮らすなら結婚はなしだと大騒ぎし、クレリアと父の間で正式に『爵位放棄』の証明書を国王陛下に提出した。

爵位放棄——父の持つ伯爵の地位の継承を放棄する旨だ。

しかし、これは親子関係を断絶する証明書でもあった。

以降、クレリアは『ドゥランテ伯爵の血筋の者』と名乗ることは許されず、母から継承された『アバーテ男爵』を名乗っている。母の家系は血が弱いのか、アバーテを名乗る者はクレリア一人しかいない。『母の形見』として継承をしたようなものだった。

それからこのエルマンノ修道院に入ってから八年も経つが、それまで一通の便りさえも来なかった。

「父にとっても継母にとっても私は……厄介者なのでしょうし……振り返ると、それが辛《つら》くて、寂しくて——ただ黙って受け入れてくれる『神』にすがったのだと感じます」

そうして顔を上げるとクレリアは、無理矢理笑顔を見せる。

「すみません……父へのお気遣い感謝します。けれど……大丈夫です」

「そんなことない、クレリア。君の、修道女になりたいという志は素晴らしいものだと思う。私自身、君の志に賛成してる」

「……えっ？　あ、は、はい……ありがとうございます……」

フィデルの意見に、クレリアは青い瞳を大きく開く。

修道女になることは賛成なのに、どうして縁談を申し込んだ上に結婚まで？　脳内が彼への疑問でいっぱいになる。

そんなクレリアにフィデルは、魅力溢れた笑みを見せると「さあ、行こうか。皆が待ちかねている」と手を差し出す。

いつもと変わらない柔らかな物腰に、それに見合う笑顔。

自分を導いてくれるだろうと確信できる彼の風格。

(変わらない……けれど、どうして先ほどの言葉が引っかかるのかしら?)

何に引っかかるのかわからないままクレリアは、いつものように差し出されたフィデルの手を取り、祭壇へ向かった。


挙式のあと、修道女たちと孤児院の皆、それと葡萄園で働く従業員たちと涙の別れをし、クレリアはフィデルと共に王都へ向かった。

哀しい別れでなく、楽しい別れだ——それでも、いつも顔を合わせていた皆とはたまにしか会えなくなると思うと、寂しさがクレリアを包んでしまう。

「疲れただろう? 着くまで寝ているといい」

フィデルが目を潤ませているクレリアを気遣ってくれる。

「ありがとうございます。でも大丈夫です。フィデル様こそ、朝も日の昇らぬうちにお越しになって、それから支度をなさったのですからお疲れではございませんか?」

「男の支度なんてあっという間だよ。それにエルマンノに着くまで車内で仮眠を取っていた。だから、クレリアも安心して寝ていいんだ」

「で、でも……緊張して……とても寝れません……」

目の前に夫となったフィデルが胸を騒がせるいつもの笑みを浮かべ、自分を見つめている。

この車内には彼と自分の二人しかないのだ。気を逸《そ》らす邪魔なものは何もないからフィデルはずっと自分を見つめてくる。

それがどうにも面はゆい。

「今夜は王都の屋敷ではなく、郊外の本城へ向かう予定だ。それまで半刻ほどかかるだろうから、疲れたら私のことなど気にしないで寝てくれ」

もしかしたら今、自分はひどい顔をしているのだろうか？　クレリアは自分の頬に手を当てる。

(式のことを考えたら緊張してよく眠れなかったから……。もしかしたら、顔色が悪いのかしら？)

式を挙げたばかりなのに、心配ばかりかけるわけにはいかない。

ここは大人しく彼の意見に従おうとクレリアは口を開いた。

「わ、わかりました……。しばらく目を閉じていていいでしょうか？」

「ああ、着く頃に起こすから心配しないで」

そう言われるも——フィデルの見ている前で目を瞑って、そんな自分を見られていると思うと胸が早鐘を打って、やかましくてなかなか寝入ることなんてできない。

式で「誓いの口づけ」さえも緊張を全面に出してしまい、頬に軽いキスで終わったのだ。

「初々しい花嫁さんだわ」なんて皆に微笑まれたけれど。

（フィデル様は男性ですもの……きっと物足りなかったでしょうに……）

式まで手を繋ぐだけで耐えてくれたのに、式でも笑って許してくれて、今――もしかしたら、瞑っている間に口づけされる？　それとも寝入ってしまったら？

そう想像すればするほど胸の鼓動が大きくなって、頭に響くほどだ。

それでも――やはり、というかクレリア自身の身体は疲労が溜まっていたのだろう。

目を閉じてしばらくしたらスッと、深い闇の中へ意識が落ちていった。


カタン、と馬車が揺れ、止まった。

クレリアはハッと瞳を開ける。

フィデルが「着いたよ」と優しく声をかけてくれる。

「……あぁ……すっかり寝入っていました……」

まだぼんやりしている頭でいたが、片側にかかる温かさに気づき一気に覚醒した。いつの間にかフィデルが自分の横に座っていて、彼に身体を預けていたのだ。

しかも――反対側の肩から彼の上着がかけられている。

「ご、ごごごめんなさい……！　ずっと寄りかかっていました？」

彼の上着を返し謝罪しながら後ずさりするクレリアを見て、一瞬意外な顔をしたフィデルだったが、すぐに苦笑する。

「前につんのめりそうだったから、横に移動して寄りかかってもらったんだ。他意はないから心配しなくていい」

「……でもずっと身体を預けてしまって……重たくありませんでした？」

「前にも倒れかかって抱き上げたことがあっただろう？　クレリアは羽のように軽い」

御者が扉を開けてきた。

「日が完全に落ちる前に着いてよかった。さあ、アドルナート本城を紹介しよう」

そうフィデルは、顔どころか全身を真っ赤にしているクレリアに手を差し出した。彼の手に導かれて馬車から降りて、そのまま城の中ではなく外を歩く。

「フィデル様？」

一体、何を？　と首を傾げているクレリアにフィデルは、

「この景色を見せたかった。よかったよ、日が落ちる前に到着できて」

と、目の前に広がる湖を見せてくれた。

風光明媚な城として有名なアドルナート城で、特に日が落ちる時間帯が一番美しいと評価されているだけあって、息を呑《の》むほどだ。

湖の透明度が高いのか城が映り、その反対側には落ちていく日が映る。

その対比の美しさと言ったら言葉が出てこない。

「……あまりに美しくて、どう表現していいかわかりません……言葉が出ないわ……」

「最高の賛辞だよ。朝日が昇る時も美しいんだ、城側から日が昇ってきて白亜の城だから黄金のように見える。今度一緒に見よう」

「想像しただけでも溜息が出ます……今でもそうなのに……」

城の皆が待ちわびている、とその日は早々と引き上げる。

そうして歩きながら城を見上げてみると、目眩がするほど大きな城だ。

横長の城、というより屋敷と言った方が近い外観に、その城より面積がある庭には芝が敷き詰められており、通路には整然と白石が敷き詰められている。

遥《はる》か向こうには森林が見え、一帯が厳しく管理され整備されているのが窺える。

「今日は軽く挨拶するだけにとどめておこう。丁寧な紹介は明日で」

そうフィデルは気遣ってくれるが、クレリアは「いいえ」と首を横に振る。

「最初が肝心だと思います。おざなりな挨拶をして、皆さんによくない印象を与えたくはありません」

城を目の当たりにしてクレリアは、アドルナート家の大きさに改めて気を引き締めた。

同時に、これほどの家を守ってなおかつ、地域に目を向けてくれているフィデルに尊敬の念が大きくなる。

（この方の奥方になったのだから、私も共に頑張らなくては！）

フィデルは、はっきりと答えたクレリアの意思に目を見開き、ジッと彼女を見つめた。

すぐに柔らかな眼差しに変わり、頷く。

「わかった。君の言う通りにしよう」

「ありがとうございます」

「……でも、君にすぐにでも見て欲しいものがあってね」

フィデルが残念そうに言う。目に見えて消沈しだした彼にクレリアは慌てる。

「そうなんですか……？　あ、でも……馬車の中で仮眠も取れましたし、寝るのが遅くなっても大丈夫です。フィデル様の用意してくださったのも見るのが楽しみでワクワクしますけれど、そのお城にお仕えしている皆様も、私と会うのを今か今かとお待ちになっていたかもしれません。なので、私の楽しみはあとに取っておいて……先に皆様にご挨拶をしたいのです」

――そこまで見せたいものだったのね。

フィデル様の意見を尊重した方がよかったのかしら？　と後悔までする。

「申し訳ありません……私、出しゃばりすぎでした……」

「いやいや、クレリアの意見は正しいと思っている。少々私が焦りすぎたんだ」

気を取り直してくれたフィデルの笑顔を見て、クレリアはようやく安堵した。

それから重厚な観音扉が開けられ、中に入ると――本城に仕える者たちが両脇に縦一列に並び、フィデルとクレリアを出迎えてくれる。

「お帰りなさいませ、フィデル様。そして奥方になられました、クレリア様」

先頭にいた年配の男性が前に出て、恭しく頭を垂らす。

「執事長のエドワードでございます。そして――」

と中年の女性が彼の横に並ぶ。

「本城の侍女頭で、私めの妹であるマリィです」

「お帰りなさいませ、フィデル様。そして初めまして、クレリア様。これからクレリア様つきの侍女としてお仕えいたしますマリィと申します。以後お見知りおきください」

「こちらこそ、私は修道院育ちで外の常識がわからず戸惑うことも多いと思います。教えてくださると嬉しいわ。これからよろしくお願いします」

クレリアは真っ直ぐに二人を見つめ微笑む。その気品ある態度に、エドワードとマリィだけでなく、畏《かしこ》まって待機していた他の者たちもハッとして息を呑んだ。

クレリアは内心「これでよかったのかしら?」と不安になったが、院長が貴族の習いとして教えてくれた行儀作法だ。自信を持って接するしかない。

(そうすることが、院長や修道院にいる皆様への恩返しになるわ)

「合格なようだよ」

フィデルがこそり、とクレリアの耳元で囁《ささや》く。

彼の言葉にようやく心の底からホッとしたクレリアは、その後重職の者たちから順に紹介を受け、そのたびに声をかける。

そのまま食堂へ行き、夕食を食べた。

一日忙しくしていた二人を気遣った消化のよさそうな食事が並び、優しい味にクレリアもホッとする。

修道院で醸造されている葡萄酒も出てきて、城の者が自分を歓迎してくれているのが窺えた。嬉しくて涙が溢れそうだ。

「お腹いっぱいなら、無理して食べなくてもいいんだ」

「い、いえ……そんなこと。でも美味しくて、いつもより食べてしまったかもしれません」

「料理長も喜ぶよ、何せ朝から『ソースがどうのこうの』と何度もやり直ししていたらしいから。お陰で今日の昼は、失敗作だというソースにパンという食事で皆、口を尖《とが》らせたそうだ」

「まあ、それはすぐにお腹が空《す》きそうです」

「まったくだ」とフィデルと笑い合う。

そうして和やかに食事が終わり——フィデルがクレリアの背中に手を当て、自ら部屋に案内した。

食事が終わる頃になると、彼の様子が落ち着かなくなっていたのは知っていた。

口調はいつもと変わらないのに、そわそわと身体を揺らし、早く席を立ちたそうにしている態度に、クレリアも食後のデザートを忙しく口に入れる。

それに気づいたフィデルは「ゆっくりでいい」と言ってくれるのだが、やはり落ち着きない様子で紅茶をすすっていた。

給仕のメイドや待機している執事は「何か」を察しているようで、何気なく互いに目を合わせている。

(私の食べ終わるのが遅かったのかしら……？　もっと早く食べ終えた方がよかった？)

なんて心配してしまったが、それでフィデルがそわそわしているのではなかったらしいと、部屋に案内されている間の彼との会話でわかった。

「クレリア。実は君に贈り物があるんだ」

ああ、それでそわそわしていたのか、とクレリアは納得すると同時に、ホッとする。

「なんでしょう？　……でも、こんなによくしていただいている上に、贈り物もだなんて……罰が当たりそうです」

「いやいや、君に喜んでもらえたらと思ってね。……それに、私にとっても嬉しいことだから」

「フィデル様が嬉しいと思えることなら……私も嬉しいです」

どんな贈り物なんだろう？　クレリアは、ドキドキしながら案内された部屋の扉の前に着く。

「さあ、入ってくれ」

フィデル自ら扉を開ける。

もう外は夜の帳が下りて、部屋にはその広さには不相応なほど大きなシャンデリアが天井から下がり、部屋を照らしている。

その明るさにクレリアは面食らいながら、中へ入っていき――さらに面食らった。

部屋中トルソーが並び、そのトルソーが着ているのは修道女服だ。それも、違うデザインの修道女服が所狭しとたくさん並べられている。

もちろんベールや額帯もきちんと被《かぶ》せられていて、整然とクレリアを迎え入れている。

ざっと見ただけでも二十着以上あるだろうか？　しかも、修道女志願期に着用するらしいデザインのもある。

「……これは？」

ぽかん、としばらく口を開けて並ぶ修道女服を見ていたクレリアは、ようやくフィデルに尋ねる。

クレリアの頭の中は混乱の真っただ中だ。

どうして、色々な修道院の修道女服がここに？

どうして、こうして並べてあるのかしら？

どうして、私に見せるのかしら？

どうして、贈り物があるって言って、この部屋に来たのかしら？

——もしかしたら、贈り物って……「この修道女服」かしら？

後ろで控えていたメイド長のマリィが「はあああああああああ」と長い溜息《ためいき》を吐《つ》いた。

マリィの様子から、これは日常的なことだとクレリアの勘が働く。

ぽん、とフィデルに後ろから両肩を軽く叩かれる。

「世界中、とまではさすがに無理だが、できるだけ各国にある修道院の修道女服を集めたんだ！　各修道院の特徴を見事にその服に表現している。素晴らしいだろう!?」

と、クレリアを一番目の前のトルソーの前に連れていく。

「どうだい!?　白地に黒の縁取りのベールに大きく広い襟！　黒のワンピースドレス！　そして向かって右隣は全身、白に胸元に大きな赤い十字架のみの刺繍！　左も見て欲しい、これは非常に特徴的な修道女服だ！　二つ隣の国トリスにある修道院のものなんだが、赤地のワンピースに水色のスカプラーという、実に印象的な修道服だ！　そしてその後ろの修道女服はどうだい？　見事な青地ではないか！　そしてこのコルネット！　皆、どれもこれも少しずつ形や色に変化を与えているが、どこかしら共通点があり教団を選別できるようになっている！　たとえばこれと、これとこれだが、ベルト部分が革でできているだろう？　違うデザインでも実は同じ教団なのだ！　そして、この教団のベルトは縄だ——そう、クレリアのいた修道院と同じ！　しかしこの飾り結び目を見てくれ！　四つあるだろう？　この意味

は「純潔・清貧・服従・囲い」を表している！　ここから考えると似ているが、まったく違う教団だとわかるんだ！」

「これは」「あれは」と引っ張られながら、一枚一枚修道女服を説明していくフィデルに、クレリアは言葉も出ない。

正式な修道服だけでなく、活動着や冬用のマント、夏服に誓願者用、いわゆるクレリアのような見習い修道女用の衣装まで飾ってある。

たくさんの修道服を目の前にして、かろうじて「はぁ」「はい」「そうなんですね」の三つ、言葉を出している。呆れてはいない。とにかくクレリアは修道服を前にしてのフィデルの変貌に、どうしていいのかわからない。

こんなに瞳を輝かせ、生き生きとした表情や口調を見たのは初めてだったから。

瞳なんてシャンデリアの明かりよりも遥かに眩《まぶ》しく輝き、まるで星が舞っているようだ。口調だっていつもの落ち着いた低めの声より高めで、饒舌《じょうぜつ》に語る様子は、活弁士に憑依《ひょうい》されているように思える。

それにどういった意図で、この部屋を見せたのかわからないままだった。

（いいえ……）

——なんとなく、この部屋の中を見せられてからクレリアの中に「もしかしたら」という思いが湧き上がっていた。

とにかく彼の話をこのまま聞いていたら、夜が明けてしまう。

クレリアは思い切って彼の説明を遮る。

「あ、あのフィデル様……私に贈り物、というのは……もしや……ここにある……？」

と、陳列してある修道服を指す。

「……あ、そうだった。説明に夢中になってしまった、すまなかった」

ようやくここに来た理由を思い出したらしく、様子が少し落ち着いたようだ。

そうして、クレリアの前にエルマンノ修道女の服がかけてあるトルソーを持ってきて、言った。

「君の『修道女になりたい』という志を応援したい。と話したよね？」

「えっ？　は、はい」

そうだ、フィデルは確かにそう言った。けれどこうして結婚した。

それで意味がわからず、首を捻ったのだが——ある可能性に青ざめる。

「……まさか、フィデル様は……何か重篤な病を患っておいでなのですか？　それで……？

私がいずれ修道女になれる歳まで、フィデル様が預かるという意味でしたの……？」

「……えっ？　い、いや……？　お抱えの医師には『頭の中以外、いたって健康』とお墨つきをいただいているが？」

「——っ!?」

（……やっぱり、そうなのだわ！　フィデル様は頭の中に生死を左右する腫瘍《できもの》を抱えておいでなんだわ！）

それで、結婚を急いだのだ、きっと。

シャンデリアの明かりの下、色を失っていくクレリアを見てフィデルは眉を寄せた。

「どうした？　クレリア、疲れたかな？」

「……い、いいえ。大丈夫です。フィデル様の意外なご趣味に少々、面食らいまして……。で、でも、素敵ですね！　修道女服に、こんなに色々なデザインがあるなんて初めて知りました」

「そうだろう!?　君ならわかってくれると思っていたよ、クレリア！」

心配そうに眉を寄せていたフィデルの表情が一気に華やぐ。

嬉しさ全開で微笑みかけてくるフィデルの姿は、とても頭に重篤な病を抱えているとは見えない。

それが却って不憫《ふびん》にも見え、クレリアは泣きたくなるのを必死に耐えて笑みを返す。

「私にとってはこれこそ、自分の健康を維持させる精力剤だと思っているんだ」

「そうですね。フィデル様が少しでも長くお元気でお過ごしになれるのでしたら、いいと思います」

「わかってくれて嬉しいよ、クレリア。――それで、なんだが、ここにある修道女服を日替わりで着て欲しい」

「……ここにある修道女服を……ですか？」

「ああ」

「でも、この城に毎日いるわけではありませんよ？」

「心配しなくていい、王都の屋敷にも同じ数だけ揃っている」

——フィデルの用意は周到だった。

「でも……、私はまだ誓願式も済んでいませんし、しかもエルマンノと違う宗教の修道女服を着るようなことをしたら、神やお仕えしている女性たちに失礼に当たるのではないでしょうか？」

正直、クレリアも修道女服がこんなに色とりどりにあるとは思ってもみなかった。皆、似たようなデザインだと思い込んでいたから、多彩なデザインの修道女服を目の前にして「ちょっと着てみたいな」とも思っている。

しかしそれは、現実的に許されることなのだろうか？

(でも私が着ることによって、フィデル様のご病状の一進一退に関わるのだったら……)

自分が日替わりでこの修道女服を着てフィデルの心を慰め、明日へ生きる活力を渡すことができたら、それこそが神から与えられた使命ではなかろうか？

「クレリア」

フィデルはマリィに目配せして下がるよう言いつけると、悩む彼女を長椅子に誘導する。修道院にあるものと比べものにならないクッションに腰をかけると、フィデルも彼女の横に座った。

「私は父からエルマンノ修道院の援助を受け継いだ時に、君の世話のことも一緒に受け継いだんだ」

「――えっ？」

初耳だ。クレリアの大きな青い瞳が開かれ、揺れる。

「それは一体……どういうことでしょうか？」

「父は、君の父君であるドゥランテ伯爵とはよく遊んだ仲だったそうだ。その縁で亡くなられた母君と交流があったと」

――遊んだ仲。

その一言でクレリアは悟った。

「そう……でしたか。父のギャンブル仲間でしたか」

「私の父はほどほどで済ましたが、君の父は熱を入れ込みすぎたようだね」

はい、とクレリアは弱々しく返事をする。

父であるトマーゾは、ギャンブルにのめり込んでいった。元々、熱の入りやすい性格だったのも災いしたのだろう。クレリアが物心ついた年齢の頃には、父は家に帰らず賭博場に籠もりっぱなしで生活に困窮していた。

それから母は、まるで芍薬《しゃくやく》のように一気に崩れ散り、命を落とした——自ら命を絶ったのだ。

貴族令嬢の出でありながら母は自分が寝入ったあと、近所に働きに行っていたらしい。夜中に目が覚めると母の姿がなくて、泣きながら屋敷中を探し回った記憶はまだクレリアの心を蝕《むしば》む。

「君の母の頼みでね。父はエルマンノ修道院に君を預けたんだ」

「私は、父の再婚の邪魔になるからと預けられたのかと……」

「エルマンノ修道院に預けて欲しいというのは、君の母君の意思だ」

「……そうですか」

フィデルの言葉に含みがあることに、クレリアは気づいていた。

それは自分に対しての気遣いからだとも。

「私は、父から君を見守るよう頼まれ、それから三年の間ずっと陰ながら見守ってきた」

——それで三年。

(私を三年の間、見守ってきたという年数は合ってるわ)

納得したと同時に、自分ががっかりしていることに気づき、何を馬鹿なことをと内心首を横に振る。

（私を見初めて、ずっと見ていてくれたわけじゃないことに気づいたからがっかりするなんて……私ったら、なんて思い上がりを……）

「そして最近、君に縁談が来るようになったと院長から聞いてね。いてもたってもいられなくなった。――だって君は『修道女になる』ことを熱望していたと聞いていたから。私は、君の修道女になるという想いに賛同している！　君の熱い想い！　そして君ほど修道女が似合う女性はいないと思っているからだ！　君は心根の優しい人だ。このままだと強引な求婚者が現れたら押し切られ、求婚を受けてしまうだろうと考えた。そうしたら！　私が生きている間に、君の修道女姿を見ることができなくなってしまう可能性が高いではないか!?」

「だから、フィデル様が私に求婚し、妻に迎えたわけですね？」

「そうだ！」

がしり、と情熱を込めてフィデルは、クレリアの両手を握り締めてきた。

「クレリア。二年我慢して、私の妻として生活してくれれば、無事にエルマンノ修道院の修道女になれる。そして私なら、貴女を清らかなままにまた修道院に戻してあげられる！」

「フィデル様……」

冗談ではないらしい。彼の様子からして真剣で、とても冗談に聞こえない。

（でも、それでいいのかしら？）

フィデルが頭の病を抱えていて、そう長くない命なら、このアドルナート家を継ぐ子が必要だ。自分を清らかなままで修道院に戻すというのは、「お世継ぎを生む必要はない」ということだ。

「フィデル様。でも私がフィデル様の元に嫁いだということは、お世継ぎの期待も周囲にはあるかと思うんです。それを成さずに二年後、修道院に戻っていいのでしょうか？」

「私のことと、アドルナート家のことを心配してくれるのだね。優しい人だ、君は。欲望だけで君を娶ろうとする輩《やから》から守れてよかった……」

——感激された。

灰色の瞳がゆらゆらと揺れて、シャンデリアの明かりが反射しているように輝いている。

「そんなこと、気にしなくてもいいんだ。私は無事に修道女服を着てもらうために君を守ると誓っている」

「……はぁ」

——いつの間にか、誓いを立てられていた。

「しかし、二年は長いだろう？　その間に神にお仕えできなくて寂しいと、君が思うかもしれない。だからこそ！　こうして毎日着られるよう、各修道女服を集めたんだ！　こうして並べてみると、どこも信仰の象徴がありありとわかるだろう!?　感激するだろう!?　『神に仕えよう』という気持ちが、盛り上がってくるだろう!?」

クレリアはフィデルの考えに首を傾げる。

神への信仰と修道女服は、彼女にとって別に捉えているから。

信仰＝修道女服、ではない。

クレリアにとって、修道院から出ても信仰心はそのままだし、結婚しても神への祈りは毎日捧げたいと思っている。

ただ、修道院という枠からアドルナート家に移ったまでのこと。勿論《もちろん》、フィデルに夫としてお仕えする意味もあるので、身を捧げる対象が増えたが、決心して妻となったのだ。

（……でも）

ここで、フィデルが頭に不治の病を抱えていると知り、クレリアは彼の考えに水を差すつもりはない。

できるだけ彼の気持ちに寄り添おう——と思う。

自分の存在が、この修道女服が、彼の生きる希望になってくれたらいい。

一日でも長く生きるための妙薬になればいい。

（そのためなら、私は……このたくさんの修道女服を毎日着たってかまわない）

不治の病だとすっかり思い込んでしまったクレリアは、熱意溢れるフィデルに、それは優しい笑みを浮かべた。

「わかりました、フィデル様の思うままに進んでください。私、微力ですがお力になれるよう頑張ります！」

「クレリア！　ありがとう！　——早速なんだがどれか着てみないか？」

「寝衣はありませんか？　エルマンノでは、統一しておりました」

「そうなのか？　寝衣まであるとは思いつかなかった……。明日、各修道院に探りを入れて取り寄せよう！　マリィ！　エドワードを、お前の兄を呼んできてくれ！」

一旦下がらせたマリィを呼びつける。

入ってきたエドワードとマリィは二人とも硬い表情をして、フィデルの用件を聞いている。聞き終えた途端、エドワードはなんとも言い難い顔でクレリアを見つめる。

——それでいいんですか？

と問われている気がしてクレリアは、

——いいんです
と頷く。

「……かしこまりました。明日すぐに手配いたします。王都の屋敷にも同じく手配してよろしいですか？」

「ああ、勿論だ。王都で暮らすことの方が多いだろうからね」

エドワードと対比して、いい笑顔のフィデル。

「フィデル様、明日お話がございます。取りあえず今夜は夜も更けておりますので引き下がりますが……」

「ああ、明日な」

呆れた声音が漏れているのに、フィデルは嬉しすぎて、エドワードの心の機微もわからないようだ。

「わかっていますか？　今夜は！　『初夜』！　なんですよ!?」

我慢できずエドワードは声を荒らげた。

意味のわかったクレリアは顔だけでなく身体ごと真っ赤に染まったが、対してフィデルは、ぽかんとした。

だがそれも一瞬だけだった。眉尻を上げて、憤然と言い放った。

「何を言う、エドワード！　クレリアに欲情などできるわけなかろう！　今までもたくさんの修道女を見てきたが、彼女は一番理想の修道女になりえる女性だ！　正式に修道女となり修道服を着ればきっと、最も神に近い清らかな修道女になるだろう！　そんなクレリアに欲情して抱くなど、できるわけない！」

――なんのために結婚したんだ。

というエドワードの、冷ややかな眼差しにも気づいていないフィデルは、

「クレリア、大丈夫だ。君の貞操は守っていくつもりだ。よこしまな目で君を見るなんてことは決してしない。安心して修道女になる資格を持てる年齢まで、我が家で過ごして欲しい」

そうクレリアの肩を優しく撫でる。

彼の向けてくる微笑みは恍惚《こうこつ》としており、明らかに自分の考えとクレリアを保護できた喜びに溢れ、満足しきっている。

（……なんだかおかしな方向に行ってしまったけれど、フィデル様は喜んでいらっしゃるし）

おそらく「仮初めの夫婦」、「疑似夫婦」という間柄になるのだろう。

その間、自分は揃えられた修道女服を着て、彼の生命の特効薬になればいいのだ。

（そのお役目、しっかりと果たそう……！）

「はい、これからよろしくお願いします。私、フィデル様のために喜んで奉仕させていただきます」

クレリアは頷くと、そう答えたのだった。

三章

「本当によろしいのですか？　クレリア様」

「ええ、私は全然……」

マリィがクレリアの仕度を手伝いながら、尋ねる。

結婚式から早、一週間が経った。

クレリアとフィデルは、すでに王都に構えてある屋敷に移動していて、そこで「疑似夫婦」として生活していた。

本城からついてきたマリィが毎朝、修道女服に着替えるのを手伝ってくれる。

クレリアづきの侍女として任命されていたマリィが、こうして付き従うのは当たり前だが、クレリアはなかなか慣れない。貧乏貴族だった頃も屋敷には使用人もおらず、自分のことは自分でやっていたし、修道院に入ってからは当然だ。

だから——毎朝、毎晩こうして着替えまで手伝ってもらうことに戸惑ってしまう。

さらに着替えるのは「修道女服」なのだからなおさらだ。

自分で着替えられるよう仕立てられている衣装なのに補助してもらうなんて、毎回断っているが「これが私の仕事ですから」とマリィは引き下がらない。

仮にも「アドルナート公爵夫人」なのだから、こうして身の回りの世話をしてもらうのは当たり前だとわかっていて、他の補助はお願いしているが、修道女服の着脱の手伝いには抵抗がある。

そして、こうしていつもマリィの「本当によろしいのですか？」は、毎朝発せられるのだ。

——毎日毎日、修道女服で本当によろしいのですか？

という意味の言葉を。

マリィの言葉にクレリアは、いつも「平気」「かまわない」という趣旨の言葉を告げる。

自分は志願生で本当の修道女ではなかったし、今は修道院から出ているのに各国で集めた修道女服を日替わりで着ることに少々、申し訳ない気持ちがある。

けれど、クレリアの中では修道女服を着ること自体、フィデルへのご奉仕なのだ。

「私が着て、フィデル様が喜んでくれればそれでいいんです」

毎朝そう告げて「クレリア様……」と何か言いたげに目を伏せるマリィを見て、クレリアは涙が溢れそうになる。

長くお仕えしているマリィたちは、フィデルの病状を詳しく知っているのだろう。こうして時々辛そうに視線を伏せる彼女にこれ以上、精神的に負担をかけてはいけない。

「マリィ、こうして毎日着替えがあるだけでも私は幸せだわ。それに財もなく身分も低い私を、こうして温かく迎えてくれるアドルナート家の人々の優しさが、何よりも嬉しいの」

「なんてことをおっしゃるんです。クレリア様のお人柄はまだ仕えて短い私でも、よーくわかります！　……フィデル様は見かけ、とても優れておいでですから、周囲には気取られにくいのですが……お親子二代に渡ったご病気に真摯に向き合って、ご自分を犠牲にしてまで……、お付き合いくださって……なんて優しいお方なのだと……」

「まあ……親子二代だなんて……！　フィデル様の病は『血』でしたのね……」

もしかしたらそれで「跡継ぎ」は作るまいとしているのかもしれない、とクレリアは思う。

修道院から出たし、元々志願生だったたし、未亡人や離婚した女性にも開かれている門だ。

条件に「貞操」なんてない。だからフィデルとの間に子を作って、それから数年、もしくは十数年経ってフィデルに先立たれてから入ってもかまわないのだ。

それなのに彼はクレリアの貞操を守る、と宣言したのに違和感を感じたのだ。

(そうだわ、きっと！　フィデル様は病を子や子孫に受け継がせまいとして、私と清らかな関係でいようと……)

ようやく合点がいった。

「……ええ、本当に……。親子して、一体どうしてこんな……」

マリィは言葉が続かず、グッと口元を押さえている。

その様子は泣くのを耐えているようにしか見えず、クレリアは彼女にハンカチーフを差し出す。

「私はフィデル様のお傍にいて、彼の生が少しでも延びるように神に祈りを捧げましょう。マリィもそんなに気を落とさないで。きっと祈りが届くわ」

「……ぇえ！　……ええ、そうですね……。　………？　……えっ？」

「さあ、この姿をフィデル様に見せて、元気を出していただかないと！」

「……ぁ、あの、クレリア様……？」

着替え終えたクレリアは、姿見の前でくるりと裾を翻し、満面の笑みをマリィに見せる。

その姿は初々しい修道女で、マリィも温かい気持ちになり思わず微笑んでしまう。

『彼の生が少しでも延びるように』とは？　――聞き返したかったマリィだったが、クレリアの作り出す場の雰囲気に、すっかり疑問が吹き飛んでしまった。


「おはようございます。フィデル様」

「おはよう、クレリア！　今日もなんて清廉な美しさだろう！　透明感溢れる睡蓮《すいれん》のようだ！」

食堂に入ってきたクレリアをフィデルは毎朝絶賛し、熱烈に歓迎する。

「今日はトルー会聖母修道院の修道女服なんだね。君はどの修道女服を着てもよく似合う。

まさしく修道服を着るために生まれてきた姫だ」

「恐れ入ります」

いつもの賛辞。

「目覚めに見る朝日の輝きのようだ」とか「これほど修道女服の似合う人はいない」とか「君が着ると修道女服が女王のための礼服に見える」とか毎回少しずつ違うが。

疑似夫婦なので寝室も別にし、こうして毎朝会って一緒に食事をとって――クレリアはこうしてフィデルと朝、顔を合わせるとホッとした。

(よかった。今日もお元気そうで……)

頭の病を抱えた彼。頭のどの部分なのか、どんな病気なのか詳しく聞けずにいる。マリィか、秘書のモルガンか、それとも小姓のニコルか――いずれ詳しく聞かないといけないと思っていてもなかなか決心がつかない。

端整な顔に溢れる笑顔には巣くう病の片鱗《へんりん》も見えず、本当に彼の後ろに死神が鎌を構えているのかと疑いたくなってしまう。

(……フィデル様)

いつか彼の死に際を見届けなくてはならないと想像すると、涙がこぼれそうになる。

初恋の相手が病に冒されているなんて誰が思うだろうか?

「クレリア？　どうした？　目が赤い」

フィデルが眉を寄せ、覗き込んでくる。

「あ……。夜に目が覚めちゃって……少し、寝不足なようです」

「疲れたら遠慮しないで横になっていなさい」

「はい。ありがとうございます」

本当はフィデル様の方がお辛いだろうに──クレリアはまた視界が揺らぐ。

（いけないわ！　フィデル様が心配してしまう！　命に期限があるご病気だとわかっているのに、こうして普段通りに生活してしかも、他の人たちにも気遣える彼を見習わなくちゃ！）

「中庭のお花のお手入れが済んだら、少し横になります」

「ああ、そうするといい。しかし、クレリアがこの屋敷に来てまだ一週間だというのに、中庭の花たちが見違えるようになった。何かの魔法かな？　と思うよ」

「きっと、剪定《せんてい》が上手くいっているのだと思います。修道院でも褒められたんですよ」

屋敷の裏に、ガゼボつきの小さな中庭がある。そこはフィデルの亡き母親のお気に入りの庭で、自ら手入れを行っていたのだという。

王都の屋敷に移ってすぐに、フィデルにこの中庭に案内され懇願されたのだ。

『ここは母のお気に入りの場所で、亡くなってから草むしりとか簡単な手入れだけしていたのだが、よかったら君が受け継いで欲しい』

『そんな大事な場所を私に……？　いいんですか？』

『生前、母はよく、貴方《あなた》の妻となった人とこの庭の手入れをしたい――と話してくれた。きっと母も喜ぶよ』

『それでしたら……やらせてください』

それから毎日中庭に出て、庭師と相談しながら剪定や芝の入れ替えなど、草木を蘇《よみがえ》らせる方法を模索しながら手入れをしていた。

「母の造り上げた庭の設計を壊さぬよう、さらに君のセンスを入れて手入れをしてまだ一週間だよ？　私だけでなく屋敷の皆も驚いている。君には驚かされてばかりだ。まだまだ私の知らないクレリアがいそうだね」

「いいえ……そんな……大したことではないのに」

クレリアはフィデルの毎朝の賞賛に、ただ言葉少なに恥じらうばかりだ。

彼は毎朝一緒に食事をとり、それから職務に入る。

王城に出向いたり、アドルナート家が所有している荘園や経営している工場の見回りに行ったり、エルマンノ修道院の他、支援している施設に視察に出向いたりと日々忙しくしていて、日中は屋敷には戻ってこない。夕方、もしくは夜遅くに帰ってくるのだ。

夕食に間に合えば一緒に食事をするというが、この一週間夕食を共にしたことはない。

ほぼ出ずっぱりでクレリアに構ってやれないのを引け目に感じているのか、寂しくならないように中庭の管理を頼んだのだろうとクレリアは思っている。

こうして顔を合わせている時間は、朝食しかない。

だからこそ、フィデルは過剰に自分を褒めるのだとも。

（……それでも、こうも毎朝褒めちぎらなくても……修道女服を着るのに）

自分がこうして修道女服を着て彼と毎朝会うことで、その日、頑張って生き抜こうという気力が生まれてくれればそれでいい。

「しかし、こうしてクレリアに会うのが朝だけというのは物哀しいな。せっかく修道女服を着てくれているというのに」

フィデルが息を吐きながら呟く。

「私が来る前も、こんなにお忙しくしておいでしたの？」

「父が没してアドルナート家を継いで、だいたいこんな感じだったが……。二年経って仕事内容も把握して慣れてきたから、そろそろ親戚に仕事を振ろうかと考えている。そうしたら、今よりは休めるだろう」

「倒れる前に、できるだけ早くそうしてくださると嬉しいです。あまり無理はなさらないでくださいね。頭痛がしたり、身体に異変を感じたらすぐにお医者様を呼んでください」

頭の中に危険を抱えているというのに、毎日忙しくして突然倒れたら――と想像するとクレリアの胸の動悸《どうき》が治まらなくなる。

「クレリア……本当に君は、その服を着るのに相応しい心の優しさだ！　聖母が舞い降りてきたようだよ！」

真剣に心配をして声をかけるクレリアにフィデルは、嬉しそうに輝かんばかりの笑顔を向ける。

「私のことはいいんです。……ただフィデル様の体調が心配なんです」

「君に心配をかけるわけにはいかないな……。そうだな、ではこれからは、なるべく夕食には間に合うよう帰ることにしよう」

「本当ですか？」

「ああ、また私に活力を与えてくれるその衣装で私を出迎えてくれ！」

「勿論です！　フィデル様！」

互いに紅潮した顔を見つめ合い微笑み合う二人の姿は、熱愛結婚した夫婦そのものだ。

――この会話でこの雰囲気で実は、仮初めの夫婦であること。

互いに想い合っていることは傍目《はため》にもわかるが、『想い合っている内容』がずれていることに屋敷の皆々は互いに目を合わせ、揃いも揃ってそっと息を吐いた。

（今日は早く帰ってきて、一緒にお夕飯をとる約束をしてくださった……）

そんな小さなことでもクレリアは嬉しかった。

毎日、仕事で夜遅くに帰ってくる彼の身体を案じていたのもあってホッとすると同時に、自分の意見を聞いてくれたことが何よりも嬉しい。

(ううん……意見、というより我儘《わがまま》かしら?)

仕事が忙しいということはわかっていたので、一緒に食事くらいはとりたいという願いは我が儘だとクレリアは思っていた。

でも、修道院では多くの人と揃って食事をとっていたので、夕食を一人でとる寂しさは格段だったのだ。厳かでありながらも和やかだった修道院の食事の風景のおかげで記憶に埋もれていたのに、小さな頃の食事の記憶を思い出してしまった。

「お忙しいのに、フィデル様の体調を気遣っていると言いながら自分の我を通してしまって

……自分勝手だったかしら……」

嬉しい反面、フィデルに無理を言ったことに気を揉《も》んで、つい口に出してしまった。

「そんなことございません。クレリア様はもっと、ご自分の意見をおっしゃってくださってかまわないんですよ」

そう言ってくれたのはマリィだ。

「そうでしょうか? 私、出しゃばりすぎじゃありませんか?」

「いいえ」とマリィは大きく首を横に振る。

庭の手入れの前に屋敷に飾る花を選ぶので、マリィに一緒に来てもらっている。

秋薔薇《あきばら》の季節。秋晴れの爽やかな日ざしを受け、薔薇が中庭にも薫り高く咲いていた。

春より少し小ぶりに花開き量も少ないものの、それでもクレリアの目を楽しませてくれる。

そこから何本か切り取り、屋敷に飾られた萎《しお》れた花と交換するのだ。

「もっとフィデル様に我が儘を言ってもらっていいくらいです。私たちの目から見ると互いにまだ、遠慮しているように思えて仕方ありません」

「……フィデル様は、私に遠慮しているのでしょうか？　確かに言われてみれば私は遠慮しているかもしれませんが、フィデル様は私に対して気遣いをしていると感じますが、遠慮しているとは思えないんです」

だって、遠慮するような身分でもなんでもないし、とクレリア。

「もし、遠慮しているのだったら……そうですね、今夜話してみようかと思います」

「そうです、そうするべきですよ。お二人だけになって一晩中、よーくお話するべきです！」

「一晩中……フィデル様と……？」

「そうです。ご心配には及びません。お支度の方はこのマリィにお任せください。フィデル様の遠慮など吹き飛ぶようなお支度を考えておりますので！」

急に鼻息荒く張り切りだしたマリィに、クレリアは困惑に首を傾げる。

「……でも、マリィ」

「なんでしょうか？」

「フィデル様は、今までずっとお仕事で夜遅くお帰りになっていたのですから、できれば早めに休んでもらいたいわ。確かに夫婦になったのですから会話は必要だと思うので、先ほどの『互いに遠慮しているかもしれない件』は、話し合おうと思っていますけれど……速やかに解決させて、心身を休めてもらおうかと考えているの。だって、お身体が心配ですもの」

困ったように、しかし真摯に答えるクレリアにマリィはしばし呆気《あっけ》に取られていたが、半笑いの表情をしながら頭を垂らす。

「フィデル様は、色恋に疎いお方だと思っておりましたが、クレリア様も負けてはおりません。似た者同士でしたわ……」

――これはどちらか、恋を意識させた方がいいのかもしれない、とマリィは決意したように勢いよく顔を上げる。

ボソボソと口に含んだように呟くマリィに小首を傾げ、ジッと見つめていたクレリアは驚く。

「クレリア様、はっきり申し上げてもよろしいでしょうか？」

近づいてきたマリィにクレリアは、青い瞳を大きく開きながら頷く。

「クレリア様のフィデル様に対するお気持ち。まだ一週間ほどですが、このマリィ、よーく存じております。勿論、長くお仕えしておりますフィデル様の性格もお気持ちも、よーく存じております」

「はい。『マリィは私の姉のような存在だ』と、フィデル様が話しておられました」

「……まぁ……フィデル様、勿体《もったい》ないお言葉を……初めてお会いした時はあんなに小さくて甘えん坊だったフィデル様が……」

思わず涙ぐんでしまうマリィだったが、はた、と慌てて話を戻す。

「改めてフィデル様の私へのお気持ちが知れて嬉しゅうございます。けど、それは改めて後ほど感謝の礼を述べるとします。今、問題なのはこのまま『仮初めの夫婦』としてずっと生活していくことが正しいのかどうか、という問題でございます」

「けれど……それはフィデル様がお決めになったことですし……」

「クレリア様に異存はない、というのですか？」

マリィに詰め寄られて、クレリアは頭を捻る。

その点に関しては首を傾げる内容ではあるけれど、フィデルの命があと数年で、ここでもし彼と真っ当な夫婦生活を送って子を成したとしても、いずれ未亡人となって子供もろとも不遇な目に遭うだろうと彼は予測しているのだろう。

巨大な資産と国王陛下にも覚えめでたき名門。そして数々の名誉。

フィデルの没した後、跡継ぎ問題で男爵という爵位以外になんの取り柄もない自分は、彼の親戚たちや周囲の人間にいわれない中傷を受け、追い出される可能性が高い。

その醜い争いの渦中に放り込まれるのをよしとしないからこそ、二年後修道院に帰し、修道女として生きるように勧めているのだろう。

(それに元々、私の修道女になる夢に添ってくれた提案ですし)

このことは彼女にも話しておいた方がいいだろう――クレリアは口を開く。

「マリィ。私の夢は修道女になることなんです」

「は、はぁ……」

突然の告白にマリィは面食らっているようだ。目を大きく開き、口をぽかんと開けている。

「けれどエルマンノ修道院では、二十歳を過ぎないと修道女になることは認められません。残念ながら私はまだその年齢に達していなくて、それまで志願生として待っていればいい話だったのですが、多方面から結婚話が上がっていたらしいんです」

「ええ、ええ！　それは話を聞いて存じております。それを聞いてフィデル様が慌ててクレリア様に求婚されたと。……それを聞いて『フィデル様が恋に目覚めた』と、変わった趣味の中で一生をお過ごしになるのかと思っていた私どもも喜んだものです」

結局、続いてるけれど、というマリィの呟きはまたしてもクレリアには聞こえなかった。

「フィデル様は、『修道女になる』という私の夢を理解し、応援すると言ってくださいました。そのためにも一時的に『夫婦』になることをご決断くださったのです。私の修道女の夢のために、清らかなままでいようとも話してくださいました。私はフィデル様のそのご決断にいたく感激してこうしているのです」

クレリアの話に、スッ……とマリィの表情が消えた。

反してクレリアの表情は恍惚としている。フィデルの自分への労《いたわ》りに、本気で感激しているのだとマリィにはわかった。

「クレリア様」

「はい」

にこりと、天使のような笑顔を向けるクレリアにマリィは言葉を紡ぐ。

「クレリア様のフィデル様への尊敬の念はこのマリィ、しかとお受けしました。――しかし、フィデル様への畏敬の念を持ちすぎて幾つか、ねじ曲がってしまった部分がございます」

「……えっ？　そ、それは……？」

クレリアの表情も消えた。互いに硬い表情のまま見つめ合う。

「クレリア様。フィデル様は要するに『修道女服好き』です。その、フィデル様は、まさしく『物に神秘が宿る』ということを修道女服に見いだしておられます」

「は、はい……それはフィデル様を見て私も思います」

「その『神秘が宿る服』に志願生とはいえ『神秘性を持つ』、修道女服を着たクレリア様と出会ってしまった。――フィデル様はクレリア様を『修道女服を着るために生まれた女性』として崇《あが》めているのです」

「……はぁ」

確かに、フィデルとのこの一週間の短い接触の中、マリィの解釈に思い当たる節がある。

特にマリィが口に出した台詞《せりふ》と似た『修道女服を着るために君はこの世に生を受けた』という言葉を今朝《けさ》もらったばかりだ。

「クレリア様」

マリィに手を握られる。

「長く修道院で生活されて清らかにお育ちになられても、クレリア様は一人の立派な女性なのです。このままフィデル様に、崇め奉られている状態でよろしいのですか？　クレリア様はフィデル様のことを、一人の男性としてどう想っていらしてるのですか？」

「わ……私……」

彼を思うと、とても胸が熱くなる。

そして、人目を憚《はばか》らず泣きたいほど哀しくなる。

「……フィデル様は大人の男性で怖いと思わない、初めての方で……私にとって初恋の方なんです……」

クレリアの答えに「まあ」とマリィの目が輝く。

「なら……！　フィデル様のお目を覚まさせて、女性としてのクレリア様を見てもらいましょう！　そして、真の夫婦としてのご生活を――」

「マリィ。でも、フィデル様は自分の持つ病を絶つために、私と『仮初めの夫婦のまま』でいる意思を貫こうとしている。……彼の気持ちを考えると、とても自分の気持ちを押しつけるなんてこと、できないわ……」

「『病』……ですか？」

「ええ……『頭の病』をお持ちだと本人も、かかりつけの医師に宣言されたと……」

クレリアの告白を受けたマリィは瞬時に顔を青ざめさせたが「ん？」と首を傾げた。

「……『頭の病』……ですか……？　確かに、かかりつけの医師からお話を伺った時に、そのような表現をなさったような……」

「やはり、間違いないんですね……！」

マリィの言葉にクレリアは確信してしまう。

「フィデル様は、ご自分の病の血を受け継ぐ者を出すまいとして、私とは清らかな関係でいようとおっしゃったんです。そして二年後、自分の死後に修道院に戻るようにとも……！」

堪《たま》らずクレリアの目から涙が溢れる。

「クレリア様？」

マリィが労るように自分の肩に触れ、撫でてくれるのが嬉しい。

「ご、ごめんなさい。長くフィデル様にお仕えしているマリィの方が辛いというのに……！」

「あ、あの……クレリア様……」

彼女の戸惑いの声音が自分と同じように耐えているように聞こえたクレリアは、必死に涙を堪《こら》え、頬に流れた滴を拭い無理に笑顔を作る。

「ごめんなさい。駄目ね、もっとしっかりしなくては。一番辛いのはフィデル様自身なのに」

「い、いえ……、その、クレリア様は『頭の病』というのをどう捉えたのでしょうか……？」

困惑しながら尋ねてくるマリィの様子に、クレリアは疑問を抱きながらも、

「……えっ？　だから——」

と口を開いた時だった。

「お待ちください！」

メイドたちの止める声が聞こえてきた。

「なんでしょうか？　騒々しい」

マリィが眉間に皺を寄せ、喧噪が聞こえてくる方向を見やる。

それは屋敷からクレリアたちのいる中庭に向かってきているようで、どんどん声が大きくなってくる。

何か嫌な予感に駆られたのだろう、マリィが「こちらへ」とクレリアから剪定ばさみを受

け取り、反対方向へ誘導する。

だが、向こうの歩みの方が速かった。

焦げ茶色の巻き髪を揺らしながらクレリアに近づいてくる女性から、視界を遮るようマリィが立ちはだかるも、その女性は「おどき！」と強引に手で押しのける。

「マリィ！」

よろけて倒れかけたマリィを、クレリアは咄嗟《とっさ》に支える。

押しのけた女性はマリィに謝罪することもなく、憎悪の籠もった眼差しをクレリアに向けた。

「——貴女がクレリア？」

「さようです。貴女は？」

クレリアの問いに彼女は「ふん」と鼻を鳴らすだけで自ら名乗らない。

「自分より下の相手に、どうして自ら名乗り出ないといけないのかしら？　本来なら貴女が先でしょう？」

そう言ってのける。クレリアを見る彼女の眼差しには、怒りだけでなく侮蔑の色も乗せられていた。

「貧乏男爵の地位を受け継いだだけあって、貧相な出で立ちね。修道女服なんて着て、一体どういうつもり？『清楚《せいそ》な私』アピールかしら？」

初対面で彼女の素性すら知らないというのに、悪意を全面に出し嫌味を言い続けるという所行に、クレリアは呆気に取られていた。

「ジルベルタ様」

体勢を整えたマリィが背筋を正し、「ジルベルタ」と呼んだ彼女を見据える。

「クレリア様は現在、フィデル様の奥方でございます。言わせていただくならば『アドルナート当主の妻』。アドルナート家の末席のジルベルタ様の方こそ、お立場を考えなさいませ。礼儀に欠けるのではございませんか？」

「――使用人が！　言葉を控えなさい！」

ぎり、と歯ぎしりが聞こえる。よほどの憎悪を溜めてここまでやってきたのか。ジルベルタの焦げ茶の髪が、怒りで揺れているようにクレリアには見えた。憤怒で目がつり上がり、歪んだ顔になっているが、落ち着いたらそこそこ美しい顔立ちであるだろう。

「わ、私がフィデルお兄様と結婚するはずだったのに……！　どうしてポッと出てきた貴女なんかに妻の座を奪われなくちゃならないの！」

「……えっ？」

初耳だ。驚きながらも事実確認に、一番近いマリィに尋ねる。

「マリィ。フィデル様には婚約者がおいでででしたの？」

「いいえ。勿論、お約束も何もありません。親同士でもそのような軽々しい約束はいたしません」

「年齢的にも身分的にも、私が候補に選ばれていたのは知っているのよ！　憧れのフィデルお兄様と夫婦になれると、私は花嫁になる日を楽しみにしていたのに……！　それをどこかの孤児の貧乏貴族にかっさらわれて……！　許さない！　許さないから……！」

手を振り上げて駆け寄ってきたジルベルタから、クレリアを庇《かば》うようにマリィが立ち塞がる。

「どきなさい！　使用人のくせに！　逆らうの！」

クレリアに向けられない苛立《いらだ》ちを、ジルベルタはマリィに向けようと拳を振り上げた時――その拳を後ろから押さえた者がいた。

ジルベルタより年上で、よく似た顔立ちと緩やかに波打つ焦げ茶の髪の青年だった。

「ジルベルタ。止《や》めろよ。それは言いがかりだろう？」

「アベラルド兄様！　離して！　離さないと兄様にだって容赦しないわよ！」

「おお怖！　我が妹ながら気性が激しいよ、まったく」

半笑いしながらも妹であるジルベルタを押さえ、使用人たちを呼び、暴れる彼女を引き離してくれた。

喧噪が遠ざかり、静寂が戻ってきた頃ようやくクレリアもホッと肩の力が抜けた。

「大丈夫？　ごめんね。僕の妹が騒いじゃって」

よろめきかけたクレリアの肩を支えてくれたのは、アベラルドと呼ばれた青年だった。

マリィはジルベルタと一緒に行ってしまい、今はアベラルドと二人きりだった。

「いえ……大丈夫です」

「部屋まで送るよ。顔が真っ青で今にも倒れそうだよ」

離して欲しかったが、思ったより衝撃的なことだったらしい。まだ身体の震えが止まらない。きっとアベラルドの言う通り、顔色も悪いのだろう。

「では……途中で屋敷の者に会ったら代わってください。妹君が興奮状態ですし、お慰めを……」

「そうするよ」

優しい声音はどこかフィデル様と似ている、とクレリアは思うものの、やはり自分を支える手は彼とは違う。何か違う感情が籠められていると認識してしまう。

今までニコルやモルガンと接触したが、こうした手つきではなかった分、モヤモヤとしたものが身体を巡る。どうしても、安心して彼に身体を預ける気にはなれない。

だが個室に戻るまで屋敷の者と会うことはなく、扉の前でアベラルドに、「ここまでで大丈夫です。ありがとうございました」と自然に見えるように離れようとするが、彼はまたさりげなく腰に手を当ててくる。

「いや、中まで送るよ」

そう笑みを見せるが、クレリアは油断してはいけないと直感が働いた。

「もう、入ったらすぐ横になりたいので……ジルベルタ様に付き添って差し上げてください。興奮してしまったあとで、妹君も不安でしょうから」

「ジルベルタは大丈夫さ。まあ、確かにあの短気さは直した方がいいと兄の目から見ても思うけれど、諭すとますます怒るから黙っていた方が被害が少ないんだ」

そう言いながら勝手にクレリアの部屋の扉を開けて、一緒に入ってしまう。

「そこの長椅子に横たわる？　それとも寝室まで運ぼうか？」

「長椅子で……あの、本当にもう大丈夫です。マリィを呼んできてもらえませんか？」

早くアベラルドを部屋から追い出したい。

なのに、よほど自分の顔色が悪いのか、そういう人の機微には鈍感なのか、それとも気づかない振りをしているのか――彼は甲斐甲斐しくクレリアを介抱しようとしている。

水差しの水をグラスに注ぐと、クレリアの身体を支えながら手渡してくる。

それも一緒に長椅子に座り身体を寄せてくるものだから、クレリアの警戒がますます強くなっていった。

「……ありがとうございます。もう、おかまいなく」

それでもフィデルの親戚だからあからさまに無碍《むげ》にはできない。けれども自分でも引きつっているなと思う笑みを浮かべてしまう。

「あー、突然来て騒動起こしたものだから警戒するよね？　ごめんね。改めて自己紹介するよ。僕はアベラルド・フレーニ。僕の母はフィデルの亡き母の従姉妹《いとこ》でね。僕らとフィデルは、はとこ同士になる」

「クレリア・アバーテ・アドルナートと申します。……こんな姿で失礼を……」

「男爵を受け継いでいると聞いてる。『アバーテ』がそう？」

「はい……爵位だけですが、母の形見だと思って受け継ぎました」

「修道院にいたと聞いているけど、天涯孤独の身？」

「父がおりますが、あまり交流しておりませんので……」

没交渉だが、初対面の相手に詳しく話すほど軽い内容ではないので、クレリアは曖昧に答えた。

「そうか、長く修道院にいたからそういう服装の方が楽なんだね。納得いったよ」

アベラルドが腑《ふ》に落ちたのか首を縦に振った。

――いいえ、これはフィデル様のご要望です。と告げるのは止めておいた。

慣れない煌《きら》びやかなドレスを着るより、こちらの方がクレリアも楽なのは事実だからだ。

それに一から説明するのにも内容が内容なので躊躇《ちゅうちょ》する。

第一、アベラルドというフィデルのはとこは、彼にどのくらい信頼されているか、クレリアにはわからないのだから。

（仲がよろしければ、今まで話の中で名前が上がってもよさそうなものですもの……）

記憶を辿っても、この兄妹の名前は聞いたことがない。

過去のフィデルとの会話の記憶に気を取られていたら油断した。アベラルドがクレリアが握っていたグラスを取り、テーブルに置く。

グラスの代わりに、彼の手がクレリアの手を握り擦るように触れだしたのだ。

「……っ!?」

ひっ、と声を上げたくなったのを必死に堪えた。まったくの他人だったらクレリアもアベラルドの手を払い、その場から逃げ出しただろう。

けれど相手はフィデルのはとこ——親戚だ。

今まで名前が上がったことはないとはいえ、あからさまな拒絶はこれからのフィデルの親戚付き合いに影を落とすことになりかねないと、必死に声を呑み込んだ。

「フィデルが君を花嫁に選んだ理由が、わかる気がするな」

「は、はぁ……」

「とても可憐だ……社交界には貴女のような人、いないよ」

「そ、そうでしょうか？　私、まだ社交界には出たことがありませんので……わかりかねます」

「清廉で、そしてどこか儚げで——今まで僕は何を見てきたんだろう……」

うっとりとした様子で手の甲を擦り始めたアベラルドからクレリアは、曖昧な返事をしながら身体を引いていく。

なのに、彼は距離を取った分だけ身体をずらし距離を縮めてくる。

「もう、お離しください……！」

語気を強めて拒否したが、アベラルドには堪《こた》えていないようだ。

「怖がらないで、もっとよく貴女を見せて……？　よーく、この目に焼きつけておきたいんだ……。怖がらなくていいよ、これは二人だけの秘密だ……」

「──!?」

アベラルドの顔が近づいてくる。

少しすぼめた彼の口がクレリアの目には巨大に見えて、恐ろしい化け物を想像してしまう。

──い、いやぁああああっ!!

「──うう……っ！」

急激に吐き気が襲ってきた。

胃からせり上がってくる内容物にクレリアは口を押さえ、彼から顔を逸らした途端、吐瀉《としゃ》物《ぶつ》を床に排出した。

「クレリア……具合はどうだ？」

フィデルの声にクレリアはゆっくりと目を開ける。

いつの間にか部屋は薄暗く、刺激の少ない蜜蠟の明かりだけが灯《とも》されている。

寝室の窓から外を見れば、日は傾き、夕焼けが始まっていた。淡い薔薇色に染まっていく景色と部屋をぼんやりと眺めて、ようやく頭がはっきりしてくる。

「フィデル様……？　私……」

途切れてしまった記憶のすぐ前に起きた出来事を思い出し、クレリアは跳ね起きる。

「急に起きたら……！」

案の定、目眩を起こし倒れかけたのをフィデルが支え、背中に枕を入れてくれる。

「わ、私……！　私……！　アベラルド様に何か……!?」

あれから気を失って、自分は彼に何かされたのだろうか？

(もしかしたら身体を……!?)

自分の知らないうちに身体をまさぐられて、汚された？

恐怖と衝撃に身体の震えが止まらない。涙まで溢れてくる。自分自身を抱き締め震え泣く。

「クレリア、大丈夫だ。君は吐いてしまってね。すぐにマリィが駆けつけて、アベラルドを追い出してくれた」

「ほ、本当に……？」

「ああ、嘘《うそ》など言わない。アベラルドの方が驚いていたそうだよ。『吐くなんて最悪だ』と。

——きっちり説教して、クレリアに近づくなと警告しておくから安心してくれ」

「……本当？　本当に私……何もされてない……？」

涙をぼろぼろと流しながら、クレリアは何度もフィデルに尋ねた。

そのたびに「ああ、大丈夫だ。君は綺麗なままだよ」とフィデルは慈愛を籠めて言ってくれる。

彼の慰めの言葉も、優しく届く声音も、遠慮がちに肩に触れてくる大きな手もクレリアにとって安心するものだ。姦邪《かんじゃ》な思いの入っていない、自分自身を憂い心を砕いてくれる労りのもの。

だからこそ、気を失ってしまったことにクレリアは激しく後悔した。

「フィデル様。事実をおっしゃってください……！　私、本当にアベラルド様に何もされていませんか……!?」

優しいフィデルのことだ。本当のことを隠して話しているのかもしれない。彼に自分の咎《とが》を背負わせるわけにはいかない。

「いや、本当に何もないよ。マリィたちが乗り込んでいった瞬間に君は吐いて気を失ったそうだから」

「……本当に？」

「ああ、嘘は言わない。神に誓えるよ」

フィデルの強い断言にようやく安堵できて、また涙がこぼれてくる。

「よかった……私」

顔を覆い身を縮める。拍子にフィデルの胸に頭が当たって、クレリアは恥ずかしさに顔を上げた。

「ご、ごめんなさい……！」

「いいよ」

フィデルが神妙な面持ちで自分を見つめ、躊躇《ためら》いがちに腕を伸ばしてくる。

「怖くなかったら……私の胸においで」

――彼を怖いなんて思わない。

クレリアはおずおずと、それでいてゆっくりとフィデルの胸の中に顔を埋《うず》める。

ふわり、と彼の腕がクレリアを包む。まるでクレリアの身体を真綿で包もうとしているほどの優しさで、その労りに口角を上げる。

クレリアに紳士的で、若いのに懐の大きい大人のように自分に接してくれる。

修道女服好きが高じていようが、それがなんだというのだ。

彼のためなら、日替わりで修道女服を着て過ごしたってかまわない。

――フィデル様、好き。お慕いしております。

「……？」

なんだか急激に彼の胸の鼓動が強く激しくなった。それだけでなく、体温も急上昇していないか？

(もしかしたら！　頭の病が悪化して!?)

「フィデル様!?」

慌てて胸から顔を上げると、すぐ目の前に彼の端整な顔立ちがあり、真っ赤に染まっていた。

「……フィ、フィデル様……？　だ、大丈夫ですか……？」

咄嗟に彼の額に手を当てると、クレリアを視界から外すように視線を逸らす。その行動は少なからずショックで、クレリアは切なくなった。

「フィデル様……ごめんなさい。私のために無理矢理抱き締めてくださったのですね……」

「いや……、そ、その……急に告白されたものだから……心の準備というものが整ってなくてな……」

「——えっ？」

はた、と思い出した。つい先ほど、心の中で呟いた言葉——

「私……もしかしたら……声に出してた……？」

「う、うむ……そ、そうかな……」

クレリアも顔だけでなく、身体全部が朱に染まった。薔薇色に焼ける夕日よりも赤くなり、それを見たフィデルもさらに真っ赤になる。

「……仮初めとはいえ、互いに尊敬し合って好意があれば、上手く過ごせるだろうし……」

さすがにフィデルの方が年上だけあって、口籠もりながらもクレリアに話しかける。

「フィデル様……その、私の想い……お嫌ではありませんか？」

「い、いや……！　決してそのような……！」

「……よかった……。フィデル様は私がエルマンノ修道院に正式に入るまで引き取ってくださった、優しいお方です。勿論、それだけのことだと重々承知しております。……だから、押しつけはしません。おこがましいのですが、私のこの気持ちは大事に胸にしまっておいてもよろしいでしょうか……？」

「クレリア……」

どうか、この想いは捨てなさいと言わないで――クレリアはフィデルに懇願する。

自分を見下ろす灰色の瞳は夕焼けに染まり、赤く燃えているように見えた。


クレリアの個室から、ようやくフィデルは退室する。

廊下で控えていた秘書のモルガンと執事のエドワードは、彼の変化に気づいた。

だが、そのことについて余計な口は挟まない。執務室に向かいながら、まずは先に主人に言づかっていた用件の報告をする。

「フレーニ伯爵様にはご子息、ご令嬢の再教育に重きを置くよう通達をいたしました。おそらくは、明日の朝一には謝罪にやってくるかと」

「この屋敷には入れるな。どうしても謝罪をしたいのなら事務所の方に来るよう伝えろ。勿論、アベラルドとジルベルタが屋敷に来ることも今後禁じる。無理を言って屋敷内に入ろうとしたら多少、手荒になってもかまわない」

いつになく厳しい口調のフィデルにモルガンやエドワードも「承知しました」と生真面目《きまじめ》に答えた。

フィデルの父もそうだったが親戚だろうが血が近かろうが、反社会的な行いや礼儀に欠けたことをして迷惑をかけたことがわかると、厳しい処罰を下す。助けはするが、親戚だからと傲慢な甘えは許さない。

フィデルは母が早世したせいか、教育方針も父が立て実行させた。

「アドルナート家の立派な当主になって欲しい」と願いを籠めた教育であったのは傍目から見てもわかるものだったが――いかんせん、縛りがきつかった。

息子に習わせたい、やらせたい、また息子自らやりたいと発言があったスポーツがあったとする。

まず父が体験し、それから「可」か「不可」を決める。

フィデルの少年時代は、すべて父の管理下にあった。しかしフィデル自身、それに不満はなく、従順であり、黙々と父が「可」としたスポーツや勉学、趣味に励んだ。

元々素直な性格が功を奏したのだろうが、父を尊敬していて「父のようになりたい」という思いも加わっての結果なのだろう。

そうして――父の理想通りに育ち、彼は病に倒れた後、息子に経営を預け没した。

フィデルは父の思いを受け取り、経営も父と同じように手腕を発揮した。

「まだ若い当主なのだし、どこか隙があるだろう。そこから介入していけばいい」などと高をくくっていた一部の親戚は、付け入る隙がなくて大いに狼狽《うろた》えた。

そうこうして二年――

アドルナート家の当主として、変わらない安定した経営に王家の覚えめでたく、数ある親戚たちも彼の実力を認め、反逆の芽がなくなってきたここ最近になって、いきなり結婚をしたのだから驚かれるのも無理もない。

特にフレーニ家は娘を引き合わせて結婚させ、甘い汁を吸うという希望までなくなってしまったのだ。

「なんとしてでも娘を妻にさせようとあからさまでしたから、ジルベルタ嬢も勘違いしてしまったのでしょう」

「伯爵には伯爵にできる仕事を与えようと考えている。――それで余計な介入はなくなるだろう」

「ジルベルタ嬢は納得するでしょうか？」

「勝手に勘違いしてやってきたのだ。こちらに罪はない。厳しい態度でいれば親が必死に押さえるだろうよ」

確かに歳が近いというだけで「妻になれる」と思い込んだジルベルタと、その親である伯爵の甘さが騒動を引き起こしたのだ。かばいだてはできない。

「怒りに任せて、フィデル様に不利な噂《うわさ》を流さなければいいのですが……」

それだけが心配だった。

「たとえば？」

問われ、モルガンが答える。

「社交界で『結婚の約束をして身体まで捧げたのに』とか――ありえないことではありません」

「ジルベルタ嬢の調査は、とうにしているだろう？」

フィデルは肩を竦め呆れ笑いをした。

「それも伯爵に送ってやるといい。なんならこちらからも、彼女に適した嫁入り先のリストを渡してもいいと付け加えてな」

「かしこまりました」

本当にどうでもいいのだな、とモルガンはリストに上げてある名前を脳裏に浮かべ、頭を下げる。

——まったくどうしてか、フィデルは物心ついた頃から自分を囲む女性たちにまったく興味がなかった。

母という一番身近な異性を早くに亡くしたせいなのか。それとも父という理想に、追いつくことに必死だったせいなのか。

むやみに女性に手を出して問題を起こすのも困るが、まったく女という性に関心がないのも困ることだ。

アドルナート家直系は父ロバートが後妻を娶らなかったせいで、フィデルしかいない。

妻を亡くしたあとも愛し続けていた、といえば聞こえはいいが、それだけではないと屋敷の皆々は知っているからだ。

『フィデル様も女性にご興味がないようだけど……まさか、同じ趣味を持っているわけではないよな？』

『聞いたことないけれど……今まで勉学に仕事に忙しくて、そこまで頭が回らなかったのでは？』

なんて憶測し合っていたが——嫌な予感は的中したのだ。

それは父ロバートもそんな予感に駆られて、それで修道院から息子を遠ざけていたのかもしれない。

病に伏した彼は、月に一度訪問していたエルマンノ修道院の慰労をフィデルに託した。

直接修道院の移転に関わっていたということで、ここだけはフィデルに任せたことなどなかったのだが、もう馬車に乗ることも難しくなった彼は、断腸の思いで息子に頼んだのだ。

——結果。

『父上の性癖がわかった』

『息子にばれた』

『父上！　尊いですね！　感涙しました！』

『息子よ、わかってくれるか！　素晴らしいだろう!?』

——父が亡くなるまで「同士」として「修道女服がいかに素晴らしく、それを着た女性がいかに美しいか」を嬉々として夜が更けても語り合っていた。

思う存分「修道女服と修道女服を着た女性の美しさ」を息子と語り合い、ロバートは晴れやかな表情を浮かべ、天に旅立っていった。

そして、アドルナート公爵を受け継いだフィデルに仕える者たち——エドワードやモルガンなどは危機に顔を青くし、身を震わせた。

フィデルがこのまま修道女服を着た女性に、身も心も童貞も捧げて生きていくのかと。

聖職者として神に仕えるのと同じかと考えればまあ、いいかと納得している場合ではない。

——フィデルが結婚して跡継ぎを作らないと……!!

これだけ大きくなったアドルナート家。フィデルの代で直系が途絶え傍系の誰かが継ぐとなれば、お家騒動に発展して下手すれば血で血を洗う争いになりかねない。

過去に、そうして戦にまで発展した家系の例もあるのだから。

(ロバート様！　一番大事な部分を、己の嗜好に巻き込んでお亡くなりになるとは！)

さっさと天に召されてしまった相手を、呪っている場合ではない。フィデルが少しでも興味の湧いた女性がいたなら、接触させ、結婚に導くように――。

勿論、己の欲に忠実な女性ではいけない。そんな相手には見向きもしないだろうが。

そしてある程度、教養のある者。

そして「清らか」「高潔」「清純」などフィデルの食指が動く女性。

フィデルの周辺を注意深く探り、意外な場所に実在していたことが判明した。

それが――エルマンノ修道院にいた、クレリア嬢。

しかも、それを知ったのはフィデルが目で追っていたからだ。先代から仕えていたモルガンは彼女の素性や事情を把握していたが、フィデルの眼差しには気づかなかったのだ。

エルマンノ修道長に話を聞くと、向こうもその気だし、最高の淑女教育をするようにロバートから頼まれていたという。

――さすがです！　ロバート様！　フィデル様の未来の花嫁を、こっそりと養育されていたとは！

没して株の下がった先代は、再び株が上がった。

とうのフィデルは当初「父の遺言の一部」としてクレリアを見守っていたようだったが、ずっと付き添っているモルガンたちは、彼の視線に込められた色が次第に変わっていったのに気づいていた。

慈愛だけで見守っていた柔らかい眼差しが、華やかな大輪の薔薇のように色づいていることを。

——これはいける！　いけますよ！

モルガン主導で見事フィデルをその気にさせて、クレリアを娶らせた。

……と、ここまではよかった。大成功ともいえよう。

——まさかフィデル様が、ここまでご自分のお気持ちに鈍感な方だったとは……予想外だった。

クレリアに対する感情は「修道女服が最も似合う女性を、奉り崇めたい」というものだと微塵《みじん》も疑っていないのだ。

それでもクレリアと一緒に生活すれば、自分の気持ちに気づくだろうと思っていたし、魅力的に成長した彼女が傍にいることで、年頃の若者らしく気持ちも高ぶってくるだろうと期待をした。

しかし、ここで予想外な問題も発生した。

──クレリアも、フィデルと似た者同士だったのだ。

（まだ夫婦にもなってないのに、そんな鈍感な部分が似なくていいのに……）

アドルナート家に仕える者たちは肩を落としたものの、結婚してまだ一週間ほどだ。これからだと気持ちを切り替え、二人が互いに異性として意識し合えるように模索しようと決定した。

そんな矢先に起きた、フレーニ伯爵の子息令嬢の突然の訪問という名の突撃。

「騒動になりましたが鎮静しましたし、少々面倒な親戚を今後、抑えるきっかけになったのは、ようございました」

自室に入ったフィデルが大儀そうにタイを外す。それを受け取りながら、エドワードが言う。

「よくない」

「はい？」

「よくない、と言ってるんだ」

あからさまに不満な口調で言い切るフィデルに、エドワードは理由がわかり謝罪する。

「それは失礼しました。クレリア様が、お心を痛めて伏せっているというのに言葉が過ぎました」

「ああ、そうだ。クレリアがひどく動揺して泣きじゃくって……見ていてこっちも辛くなった。私がその場にいたら殴り飛ばしていたのに……もっと早く帰るべきだった、いや、今日ぐらいは休みを取って彼女の傍にいるべきだった……。朝、私の健康を案じていたが彼女もきっと寂しかったのだろうに。言葉の裏にある彼女の気持ちを察してやるべきだったよ

……」

くだけた格好で長椅子に座るフィデルの口から、後悔の言葉が堰《せき》を切ったように流れ出る。

「では明日、お休みなさったらいかがでしょうか？　予定を明後日以降に調整いたしましょう。明日はクレリア様に付き添ってあげてください。きっとお喜びになりましょう」

モルガンの提案に後ろで控えるエドワードも「よいご提案で」と頷いている。

――なのに当の本人は、うんともすんとも言わない。

珍しいともいえる気難しい顔を崩さず、上半身を前に倒した格好で肘を立てて頬に手を当てたままだ。

「フィデル様、いかがします？」

モルガンが今一度お伺いを立てる。しばらく無言で視線の先の豪華な織りの絨毯《じゅうたん》を見つめていたフィデルだったが突然、

「はあああぁぁぁぁぁぁぁ……」

と盛大な溜息を吐いたかと思うと、両手で顔を覆った。

「フィデル様？」

クレリアの哀しんでいる姿がよほど衝撃的だったのか？　モルガンもエドワードも、自分のことのように哀しんでいるフィデルを慰めようと駆け寄る。

どんな変わり者の変態だろうが、彼はアドルナート家を立派に引き継ぎ、使用人たちを大切にしている心優しい主人だ。

主人の哀しみは自分たちの哀しみ——少しでも楽になるよう受け取りたい。

「……どうしたらいいんだ」

「フィデル様……」

「おいたわしいことです……」

「そうなんだ……クレリアはとても純粋で、けれど前向きに生きられる強い女性だ。私はそんな彼女を誇りに思うし、尊敬もしている。これからの私の生きる糧となる清らかな存在で、聖母となるであろう女性だ……なのに……なのに……」

いつもならここで「クレリア尊い！」と悶《もだ》えるのに、そんな気配がない。

怒りで震えているように見える。

(これはよほどお怒りなようだ)

モルガンとエドワードは視線を絡めた。

——だが、震えている理由が違うと理解したのは、フィデルが発した次の言葉だった。

「クレリアが……可愛い……！　可愛いくて仕方ないんだ！」

「……はい？」

「私の顔を覗くように見上げてくる顔ときたら……！　青い瞳を涙できらきらさせて、私を真っ直ぐに見つめてくるんだ！　自分の気持ちを否定しないでくれと、それだけで十分だと不安な表情を滲ませて……！」

「それでフィデル様はなんとお答えに？」

これはクレリア様から愛の告白をお受けになった？　モルガンもエドワードも顔に喜色が溢れそうになるがいつもの通り、平常心の顔を作り尋ねる。

野次馬根性を乗せて一緒に盛り上がっては、使用人の鑑《かがみ》となれない。

「『そんなことは言わないから、そんな顔をしないでくれ』と……」

「フィデル様、模範解答でございます」

「それから、クレリア様は？」

「『よかった、嬉しい』と……」

フィデルの言葉にホッとする二人だったが、またまだんまりになって手で顔を覆ってしまった主人の様子に、また不安がよぎる。

「そのあと、クレリア様に何かおっしゃったのですか？」

思い切ってエドワードが切り出す。

「おっしゃってない。何もおっしゃってない……」

フィデルの受け答えがおかしい。

「おっしゃってないが……私は……なんて罪深いことを……」

突然、耳が真っ赤になった。きっと手で覆っている顔も耳のように真っ赤であろう。

「尊くて気高くて……修道女服を着るに最高に相応しい彼女に……私は……なんてことを……！　どうしたらいいんだ……！　あ、あんな野獣のような罪深いことを……！」

（フィデル様……）

つい先ほど起きたことが、いまだに信じられない。クレリアは自分の唇にそっと指を当て回想に浸る。

「そんなことは言わないから、そんな顔をしないでくれ」

「よかった、嬉しい……」

彼への想いを否定されずに済んだことに、クレリアは心の底から安堵した。

しかし、感情に任せて彼への想いを吐露してしまった。これから先、関係が変わるかもしれない。

一線を引いて欲しくない。今のままでいてくれたらいい、とクレリアは思う。

（余所余所《よそよそ》しくされたら……どうしよう）

そうされたら、自分の軽い口を恨みながらエルマンノ修道院に戻ろう。そして懺悔《ざんげ》をしながら生きてゆこう。

嬉しくてフィデルの顔をジッと見つめてしまっていた。クレリアは「申し訳ありません」と視線を下に下ろす。

そうした時――突然だった。

「クレリア」

掠れたフィデルの声音がすぐ耳の近くで聞こえ、乾いた唇の感触を額に感じた。

それはいつもの慈愛の込もった、そう、兄妹間でよくある親愛の口づけと違う熱があった。

何度か額に唇を当ててくる。触れるたびに熱が上がってくるようだ。

微《かす》かに、そして抑えるようなフィデルの吐息にクレリアは再び彼の瞳を覗く。

揺らぐ灰色の瞳が夕焼けに染まって、真っ赤な薔薇色に見えた。

またゆっくりと彼の唇が近づくと、クレリアは自然と瞼を閉じる。今度は鼻先に感触が当たり、それから自分の顎に指がかかる。

（フィデル様……？）

親子の情とも、兄妹の絆《きずな》ともいえるような親愛の口づけとは違うとクレリアは感じていたが、嫌な感情は湧いてこない。

これがアベラルドや他の男性なら今頃、目眩や吐き気を起こしていた。

フィデルが近づいてくれるのは嬉しいし、こうして自分に与える口づけはとても心地《ここち》よくて、うっとりとしてしまう。

(微かに触れるだけなのに……たったそれだけのことなのに……)

幸せすぎてこんなに胸が熱い。

フィデルは自分を「女性」として見ていない。あくまでも保護者だ。それを理解して、彼に対しての恋心は押しつけないと決めているのに——切ない。

胸が熱いのに、切なくて痛い。

切ない痛みは自分の初恋が実ることはない、とすでに決定しているから起きるのだ。

(そう……フィデル様は私を讃《たた》えて大切にしてくれるけれど……女性として見ない。それに……数年後には……フィデル様は……)

女性として見られていないということよりも、フィデルが早いうちにこの世から去ってしまうことが何よりも哀しい。

——フィデル様。

彼のいなくなってしまったあとの世界を想像すると自然、涙が溢れ、こぼれてしまう。

「クレリア……まだ、怖いかい?」

彼が間近で問うてくる。

「いいえ、違います……そうではなくて……」

優しい、彼は。自分の方が、明日をも知れない病を抱えているというのに。

「フィデル様の優しさが嬉しいんです。こんな私を大切にしてくださる……」

「『こんな』なんて、クレリアはどうしてそう思うんだ？」

「……だって、私は……」

幼い頃に受けた心の傷が体内で疼《うず》く。思い出したくなくてぎゅっと目を瞑ると、溜まっていた涙が頬を伝った。

「すみません。今日は泣いてばかりですね、私――」

自分で涙を拭おうとしたら、その手をフィデルが握ってきた。

「……哀しい涙は、自分で拭うべきではないと私は思う」

「フィデル様……」

握られた指先にフィデルの息がかかったと同時に、小さな口づけが落とされた。

薄い爪にも落とされて、クレリアは指先に熱が集中するのを止められず、なすがままだ。

唇が手の甲にも落とされ、それから流れるようにフィデルの唇が頬を伝う。頬に伝った涙の跡を彼の唇が追っている。

ぞくり、とクレリアの背中にたとえようのない痺《しび》れが伝った。

(なんなのかしら？)

けれど、嫌な感じではない――むしろ、もっと与えて欲しいと思ってしまう感覚。

潤んだ唇に触れた。最初は軽い、羽が掠ったような口づけだったのが、幾つか落とされるうちに、彼の唇の形がはっきりとわかるほどに重なった。

涙の跡を伝ったフィデルの唇が塩の味がする。けれどそれも、ほんの僅かな時だけ。

（あ……）

フィデルの腕がクレリアの肩を包み、圧がかかる。

はっきりと感じる彼の腕の逞《たくま》しさに戸惑いながらも、続く口づけの甘さに浸る。

戸惑いはあるけれど、突然で驚いているけれど、嫌じゃない。受け入れている。

フィデルだから。彼だからこそ、受け入れることができた触れ合い。

重なる口づけの合間の微かな息継ぎの時に、当たり前のように差し入れられた熱いぬめりに、クレリアはひくつく。それも一瞬だけで、すんなりと受け入れた。

ねっとりと口内で舌が重なる。まるで身体ごと押し倒されると錯覚するほど舌を押され、舌先で舐《な》め回《まわ》される。

「――ん」

初めて受ける情熱にクレリアは、後ろに倒れそうになった。

フィデルはそんなクレリアをさらに胸に引き寄せ、なおも口内を荒らした。

舌先がクレリアの歯茎を巡っては舌を吸い上げてくる。最初、ただめちゃくちゃに陵辱しているように思えた行為が、確実にクレリアのいいところを見つけ、そこを責めてくる。

舌先がぐるん、とクレリアの歯茎を巡ると、どうしてか首筋から背中にかけてこそばゆい刺激が生まれた。

その度に身体がひくついて、下腹が熱を帯びる。

いや、下腹だけが熱いんじゃない。身体全体が熱い、そして心まで熱くて浮かれている。

たびたび、重ね直す唇にクレリアは、その短い間も寂しいとフィデルの背中に腕を回す。

それに応えるように、少しの隙間なく抱き締めてくれる彼の行為が、嬉しくて堪らない。

――頭も身体も蕩《とろ》けてしまいそう。

熱い口づけに身体は燃えているのに、力が抜けていく。

フィデルに寄りかかる形になったとき、ゆら……とクレリアの身体が後ろに揺れて倒れた。

背中に、クッションのきいた寝台と敷き布の感触。

そして前には自分を覆うフィデルの重み。横になっても口づけの激しさは変わらなかった。

「んん……っ、ん……」

知らずこぼす息の艶《なま》めかしさにもクレリアは気づかずにいたが、フィデルの聴覚を刺激していたらしい。唇と舌がさらに妖艶に動く。

のしかかる彼の身体は自分より重たいのに、クレリアはちっとも感じなかった。ただ、自分の身体に染みてくる彼の熱が嬉しい。

それどころか、気持ちがいいとまで思ってしまう。

フィデルの唇が不意に離れた。先ほどまであった熱がなくなり冷えていく唇が寂しいと感じた刹那、彼はクレリアの小さな顎を啄《ついば》みだした。

新しい刺激に軽くもがいたが、すぐに顎から喉元へ彼の息が移動する。

「あ……っ」

息遣いがクレリアの喉元と首にかかり、それからなめらかな細い首を、フィデルの口と舌が堪能するように這《は》いだす。

時々、クレリアの白い肌を啄むような軽い音がする。微かな痛みに小さく震えた。

なんの痛みなのかわからず、けれど、決して嫌なものじゃない――クレリアは必死にフィデルにしがみつく。

しっかりと自分を抱き締めていた手が離れ、クレリアの寝衣を肩から剝《は》がしていく。

むき出しになったクレリアの白い肩にフィデルは口づけを落とし、艶やかさのある鎖骨を舐め、甘噛みしていく。

「あ……ぁあ……ん」

フィデルの行動のすべてが、クレリアを翻弄する。

身体が過剰に反応し震え、熱くなり、自分でも信じられないような甘ったるい声を出させた。

それだけじゃない。フィデルの口が、舌が、手が、身体に触れ、知らない未知の感覚が生まれてくる。くすぐったいだけの感覚だったものが、酔いしれたくなるほどの甘い痺れとなって——もっと欲しくなる。

「クレ……リア……」

「フィデ……ル……様」

名を呼ばれ、クレリアは夢心地の中、呼び返す。

彼の濡れた声音に、頭の中までおかしくなったように思える。

まともに思考が働かなくて、ボォッとしてしまう。

フィデルの手が剝いだ寝衣からこぼれ出た、まろびを帯びたクレリアの乳房を包む。熟した果実のようにみずみずしく柔らかく、そして張りのあるクレリアの二つの双丘は、フィデルの手に溢れては反動で揺れる。

次第に彼の手に力が込められて、何かに急き立てられるように動きが速くなる。

「ああ……っ、ああ……っ！」

自分の乳房の揺れる感覚に堪らず、クレリアは声を上げた。

「……あっ」

——クレリアのその声に、フィデルは我に返ったらしい。

赤い顔をしたかと思ったら、瞬く間に真っ青になる。

「ク……クレリア……っ！　す、すまない……！　なんてことを私は……！」

「フィデル様……あ、あの、私……かまわな……」

「いやいやいや……！　かまわないなんて、流されてはいけない……！」

フィデルは慌てながらも、素早くクレリアの乱れた寝衣を整える。

「すまない！　私もどうにかしていたようだ……！　その、今はゆっくり休んでくれ……！」

「『今はゆっくり休んで』……そうしてからなら……？」

「……あ」


(私、なんてことを言ってしまったのかしら)

自分から続きをねだって誘ってしまった。これではフィデル様の理想とする修道女にはなれないではないか。

(嫌われた……かしら)

多分、そうだ。そう言ったあと、フィデルは途端に冷静に、

「今日は色々衝撃的なことが多すぎて、思考が追いつかないだけだ。お互いに落ち着こう。そのためには休息が必要なんだ。今はよく寝て」

と、クレリアに告げ、いつもと変わらない笑みを浮かべ部屋から出ていった。

嵐のような出来事にクレリアは、しばらくぼんやりと寝台に座り込んでいた。

(……私)

そっと、自分の唇に触れる。

(先ほどまで、フィデル様の唇と重なっていた……)

不思議な感覚だった。そして信じられない出来事だった。

フィデルと一線を越えようとしていた。

「……ええ、そうね。フィデル様の言う通りだわ。……衝撃的なことが一気に起きて……思考が追いつかない……」

ころん、と横になる。

枕を一つ抱き締めて、クレリアは目を瞑るが胸の鼓動が激しい。

瞼の裏にフィデルの幻想が浮かんでしまう。

「眠れるのかしら……？」

マリィに頼んで安眠を促すハーブティーを持ってきてもらおう、と思ったクレリアだった。

四章

あの事件以来、フィデルは週に一度は必ず休みを取るように心がけ、夕餉《ゆうげ》に間に合うよう帰宅してくれるようになった。

クレリアとの約束でもあるし、アベラルドとジルベルタの出入りを禁止したとはいえ、日中クレリア一人留守番させることに不安を覚えたからだという。

勿論、屋敷に使用人は在住しているが、貴族社会というものは厄介で、自分より格下の相手である使用人たちの意見を無視する貴族は多い。

他人の雇用している使用人であるのに、まるで自分が主人であるというがごとく無体を働く者も少なくないのだ。

——そうしてまた、クレリアに害を成そうと親戚や貴族が乗り込んでくる可能性も捨てきれない。

「どうしたものかな」

フィデルの漏らした言葉にクレリアは、ティーポットを持ったまま固まってしまった。

自分の失態にフィデルは眉を寄せ、非常に慌てた様子で弁明しだした。

「クレリアのことではないよ！」

「もしかして……お茶の味、お気に召しませんでしたか？」

「いや！　そのことではないよ。お茶の味はいい、芳醇《ほうじゅん》な薔薇の香りがして素晴らしいよ」

今日はフィデルが休みを取ってくれて、サン・ルームでお茶をしていたのだ。

「よかった。栗粉《くりこ》入りのパウンドケーキも召し上がってください。よい蜂蜜が入ったと聞いて焼いてみたんです」

「ありがとう。こうしてクレリアとお茶をしていると心が洗われる……いや、ホッとする……いや……楽しい……うん、楽しい……という表現が合っているかな……？」

フィデル自身、納得できる言葉の表現ができてホッとした様子だ。

そんな彼を見てクレリアは、ほんの少し眉尻を下げた。

あの一件以来、やはりというかフィデルとの関係が怪しくなっていた。

修道女服を着たクレリアを毎朝、大げさなほどに絶賛していたのがなくなり、賛美しようとするたびに彼はこうして言葉を選ぶ。

この変化にクレリアは戸惑い、悩み、マリィに相談を持ち込んだ。

『賛美のどれを取っても、口説いていると取られてしまうことに気づいたのではないでしょうか？』

——別にかまわないのに、と思う。

彼が口説いているのは修道女服だ。着ているクレリアではないことくらいわかっている。誤解などしない。

マリィにそう言うと、

『クレリア様も難儀なお考えをお持ちで……』

と切なそうに息を吐かれてしまった。

『本当にそうでしたなら、未遂だとしてもクレリア様を押し倒すことなどしないでしょう？』

あの一件は、使用人たちに知れ渡っていた。

それでも若い女性が集まった時のように「どうだった？」と黄色い声を上げながら聞いてこないだけクレリアは救われた。

マリィも齢《よわい》三十を過ぎたいい大人だし、好奇心むき出しに話してはこない。

ただフィデルの態度には少々不満があるようで、こうして不満を口にしてくるのだ。

『中途半端に終わらせないでいたら、違う関係があったと思いませんか？』

そうマリィにグチられたが、クレリアに言われても困る。

（そりゃあ、フィデル様と結ばれて子を授かることができたら、どんなに幸せでしょう……。

けれど、フィデル様が私をどうお思いになってるかは置いても、欲求を制している理由を知っている私には、とても情けを乞うことなんてできない……）

肌寒くなってきたこの頃、クレリアもこの屋敷の生活に慣れてきて、最近は厨房《ちゅうぼう》に出入りしたり、編み物や小物作りに精を出して、孤児院や修道院に送ったりという生活をしていた。

フィデルの元に嫁いで一ヶ月半も経ったのだ。

本日身につけているのは、目の覚めるような青地で仕立てたワンピースの下に灰色のハイネックの上着を着る修道女服だ。

ワンピースから覗くハイネックの上着には、修道院の象徴の百合の刺繍が縫われている。

サン・ルームからは物寂しくなった庭の光景が見えるものの、「それも季節の変化が織り成す美しい変化」として二人は楽しんでいた。

地面を這うように一陣の風が吹き、茶色く変化した落ち葉をさらっていく様子を眺め、クレリアは静かに茶を嗜んでいるフィデルに視線を移す。

向こうもそうだったのか、視線が合い、気恥ずかしくなってお互いに俯いてしまう。

いい大人二人が初めて恋を知った少年少女のように頬を染めて俯いて、碌《ろく》に会話もできないなんて――と傍に控えているマリィの表情が物語っていた。

それも仕方ない。だって本当に初恋同士なのだから。

「フィデル様、クレリア様、今よろしいでしょうか？」

救いの神のように、モルガンがやってきた。

「どうした？　急な仕事か？」

フィデルはそう答えたものの、「クレリア様もご一緒に」と彼女にも用があるのだ。「なんだろう？」と二人してモルガンを見つめる。

「こちらを」

と、一通の封筒を盆ごと差し出す。

確認のためにすでに封を切られている。しかし蠟印を見てフィデルは何かを思い出したように「ああ」と声を上げながら封筒を手に取った。

「陛下の生誕の催しだ。そういえばそろそろだったね」

「はい。今年できたてのエルマンノの葡萄酒を楽しみにしていることでしょう」

モルガンがそうクレリアに笑みを見せる。

「いつも陛下の誕生日に合わせて解禁しますから……」

市場に出すのに、何か付加価値をつけた方がいいだろうと前公爵の代に決めた解禁日。それは王家にも民にもよい印象を与えることができた。

「今年はご夫婦揃っての参加を、と陛下のご希望が……」

招待状に付属していた手紙をフィデルが読んで、隣でモルガンが内容をクレリアにも教えてくれる。

「私たちの挙式をこじんまりと執り行ったものだから、根に持っているようなのだ」

「まあ？　陛下が？　どうしてでしょう？」

「臣下の祝い事を口実に、公務を休めると思っていたらしい。式のあと拝謁したら、しばらくは私の主城でのんびりと過ごしたかったとぼやかれた」

「そうでしたの？　でも、毎日忙しくしておいででしょうから、陛下も骨休みをしたかったのですね」

ふふ、とクレリアも笑みを作る。

「それは口実ですよ。フィデル様を家臣である前に、大切な親戚だとお思いになっているからこそ、陛下は式に参加したかったのです」

と珍しくモルガンが鼻息荒く言ってきた。

フィデルの亡き母は国王陛下の母の妹なので、フィデルは王の従兄になる。

「我が主人はそれほど頼られている」とモルガンは自慢しているのだろう。

「それは買いかぶりだ、モルガン。私は臣下としてお仕えしている」

呆れたように言い返し、フィデルは手紙を彼に渡す。

アドルナート家に仕えている者たちは、皆フィデルを尊敬し、彼を自慢の主人だと嬉しそうに仕事をこなしている。これもフィデルの人格によるものだろう。

本当に素敵な方とこうして縁を結んだことに、クレリアは神に変わらず感謝して祈りを忘れない。

(神よ……フィデル様をどうか、短い生で終わらせることなどしないでください。彼を必要としている方が大勢おります)

代わりに、自分の命を差し出してもいいという考えもよぎったが、身代わりを差し出すことは悪魔の手口によくある手段。彼を悪魔つきにしたくはなくてクレリアはその考えを振り払った。

「生誕祭の仕度は、例年通りのものをすでに済ませております」とモルガン。

最低でも三日ほど夜会や舞踏会が王宮で催され、城下街でもお祭りが行われる。

先に王宮で参加の表明を済ませ、部屋の確保や付き従う使用人たちの名簿を提出。着ていく衣装。それから陛下に送る贈り物の手配等々――毎年、招待状が届くアドルナート家なので抜かりはない。

「勿論、事前にクレリア様のドレスや小物なども手配をしておりますので、ご心配なく」

モルガンの余裕の笑みにクレリアは「えっ?」と短く声を上げた。

(そういえば、この屋敷に来てすぐに寸法をはかったような)

あれはこのためのことだったのか、とクレリアは納得する。

「おそらく、この二〜三日中には仕上がったドレスが到着します。細かい修正はその時に行いますので」

モルガンの言葉にクレリアは戸惑う。

「私も行かなくてはなりませんか？」

「ご夫婦で参加をと陛下の命でございます故」

けれど、自分は仮初めの妻だ――そんな自分が正式の場で「アドルナート家当主の妻」として出向いていいのだろうか？

フィデルの意思を聞こうと視線を向けると、彼も困惑しているようだ。気難しく眉に皺を寄せている。

(やっぱりそうよね。フィデル様だって困るわ……)

「モルガンさん、私だけ急病などで欠席はできないでしょうか？」

「本当に病に倒れられたら致し方ありませんが……仮病はいけませんよ」

クレリアの意見にモルガンが叱る。真面目なクレリアが「仮病」など使おうとすることに少なからず驚いたのもある。

「――そうか、その手があったか！」

その傍らでフィデルが手を叩いた。

「どうされました？」

モルガンの問いに彼は晴れやかな表情を見せる。

「私が屋敷を留守にしている時に、訪問してこようとする輩への対処に頭を悩ませていたんだ」

あれからフレーニ伯爵の子息令嬢ほど強烈な訪問はなかったが、結婚したという噂が真実かどうか確認しようと、何回か連絡もなしで突然訪問してくる親族や貴族たちがいた。

『今、伏せっておりまして』や『慈善事業に出かけております』などでやり過ごしてきたが、それでも誤魔化しきれないときは、クレリア自身が応対した。

急な訪問ばかりなのは、おそらく事前通達だとフィデルが待ち構えていると想像がついたからだろう。

それでもクレリアは「フィデル様に恥をかかせるわけにはいかない」と修道院で教わった通りの対応をし、その場をやり過ごした。

しかし――客人が帰るまでの時間、クレリアがどんな言葉を投げかけられているのか想像に難くない。

「本来なら本妻は、親戚付き合いや他の貴族の奥方たちと交流を深めなくてはならないのは習いました。短い間ですがその役割は、するべきだと思うので」

クレリアは言ってくれるが、フィデルは傍に控えていたマリィやエドワードから話を聞いていた。

「クレリアがニコニコと笑顔を振りまいて嫌味を聞いていたかと思うと、腸《はらわた》が煮えくり返るような気分だ」

思い出したのか、フィデルは苛立ちを隠さないままぼやく。

「だからといって、そのたびに仕事を抜け出すわけにもいかないのでどう回避しようか考えていたのだが、ちょうどいい。陛下の生誕の宴は公式の場だ。これほどクレリアを、親戚や貴族たちに紹介するのにふさわしい場は他にない。私が常に付き添って、クレリアへの対応について彼らに釘を刺しておこう」

「なるほど、よいお考えです」

フィデルの考えにモルガンたちが同意するよう頷いているのを見て、クレリアは申し訳ない気持ちになってしまう。

早くて二年後には修道院に戻るとしても、今は仮初めでも夫婦なのだから「妻」として与えられた役割を果たさなくてはと思うのだ。

けれど――フィデルを初めとする屋敷の人々は、それを求めていない。

(甘やかされている気がする……)

ここは自分の率直な意見を言うべきだろうと、クレリアは決心する。

「フィデル様、私「妻」としての役割はきちんとこなそうかと思っています。なので、そう皆様を牽制しなくても大丈夫です」

「しかし……いくらそう言っても、クレリアをよく思っていない者たちがわざわざ訪問してきて、不快な言葉を言うのをずっと聞いているのも気が滅入るだろう？」

「それはそうでしょうけれど、私のおもてなし不足が問題でそれを注意してくだった方々もおります。一概に全員が私に悪意を抱いているという印象は受けませんでした。そこは善意として受け取って、応対しようと思っております」

「クレリア……君は本当に前向きな人だ」

「――あっ」

そうすることが当たり前のようにフィデルがクレリアの手をすくい、指先に口づけをした。

賞賛の意味の口づけだとわかっていても流れるような動作に、フィデルの唇の感触に胸がときめき、動悸が止まらない。

意識してしまったクレリアを見てフィデルの方も、咳払いしながら彼女の手を離す。

「そ、そうか。君が言うならそうしよう。だが、生誕の宴はなるべく離れないようにしておくれ。一応『新妻を皆に紹介する』という名目もあるからね」

「はい」

(フィデル様に恥をかかせないようにしなくては)

クレリアは、フィデルに微笑みながらそう強く決意した。

そんな決意から二日後、モルガンが言っていたドレスが屋敷に届けられた。

「……えっ？　こんなに……？」

クレリアは、目の前のトルソーに着せられたドレスたちに目を丸くした。

別室にある修道女服の数ほどではないが、ざっと見ただけでも十着はある。

しかも目の前に堂々と置かれた衣装は、華やかにフリルや宝石が散りばめられた豪奢なデザインばかりで「清貧」で生きてきたクレリアには眩しくて目がクラクラする。

細かい修正のために針子たちが共に控えていて、デザイナーが恭しく頭を垂らしてきた。

「アドルナート公爵夫人、このたびはご成婚おめでとうございます。ご注文いただいた衣装を気に入っていただけるといいのですが……」

「あ、あの……どうしてこんなに衣装があるのでしょうか……？　私、陛下の生誕の宴用のドレスを注文したと聞いたのですが……」

「えっ？」とデザイナーは顔を上げる。

「勿論、それが最優先でございましたが、他に『訪問用』『室内着用』『茶会用』も仕立てるように言づかっておりましたが？」

「そうなの？」と言いたげに、クレリアはマリィに視線を向ける。

「はい。これから必要になるであろう衣装を仕立てるよう注文しました。特に慈善事業ではアドルナート公爵夫人として活動するために派手ではない訪問着が必要ですし、親戚付き合いなどの『茶会』用の落ち着いた衣装が必要です。それに突然の来訪者に対応するため、普段お召しになる『室内着』も必要なのです」

クレリアの戸惑いは想定内だったらしく、マリィは淡々と答えた。

「宴用のドレスはわかりますが……他のは、フィデル様が用意してくださった修道――」

「――クレリア様」

言いかけている途中でマリィがズイ、と近寄り、声を落としながら話す。

「フィデル様のその『ご趣味』は屋敷内の者だけの秘密でございます。他言は無用。今まではクレリア様が『修道院出』ということで誤魔化しておりましたが、もうそうもいきますまい。どうかフィデル様のためにも、来客や訪問する際にはお仕立てした衣装をお召しになってください」

公然の秘密だと思っていたクレリアは面食らった。

(屋敷内の者しか知らないのね)

ここまで徹底して守ってきた秘密だったとは――皆の苦労が偲《しの》ばれる。

彼らのために、そしてフィデルの名誉のためにも、口を閉ざさねばと新たな決意をした。

とはいうものの、クレリアは目の前の煌びやかなドレスを見て眉尻を下げる。

「わかりました。……でも、この宴用のドレスは……多すぎではありませんか？」

全部で六着ある。

色は白、赤、緑、青、薄紅、橙《だいだい》。デザインも色ごとに変えてある。

靴やアクセサリーの小物類は、所狭しと置いてあった。

「生誕の宴は三日ほど。その間、ご衣装の着替えをするとなれば最低三着は必要でございます。それに、夫人がご試着をして気に入らなければ、それは返品となりますので多めに仕立てたのです」

「へ、返品!?」

クレリアは、思わず声を上げてしまった。

宝石や造花やフリルがついた、いかにもお値段が張りそうなこのドレスを気に入らなければ返品……。

身震いがする。

「クレリア様、ご心配なく。返品になってもそこは皆、この道の玄人《くろうと》たちです。解いて他のドレスに仕立てたり、既製品として売りに出すのですよ」

「ああ……そうなのね……よかった」

マリィに説明されてクレリアはホッとした。

「さあさ、公爵夫人。まずはお召しくださいませ。そうでないとどのドレスのデザインがお似合いになるかわかりませんからね」

デザイナーがパン、と一つ手を叩くと待ちかねていたように、控えていた針子たちが笑顔で迫ってきて、クレリアは口元を引きつらせた。

フィデルが帰ってきたのは、いつもよりやや早い時間だった。

クレリアの衣装の確認のために、アドルナート家御用達のデザイナーが訪問したと聞いたからだ。

王家御用達でもあるこのデザイナーのドレスは派手好みで、こちらが指図しないと勝手に派手にしてくる。繊細ながらも豪奢な刺繍やレースの使い方など、さすが一流の技で見事なのだが、興が乗ってくると色々盛ってくるので制しなければならない相手なのだ。

(まあ、マリィがついてくれているから大丈夫かと思うが)

クレリアはそのままでも美しいとフィデルは思う。

まるで奥深い森の中で湧いている泉に咲く、睡蓮のように。彼女の美しさを損ねるようなドレスを仕立てて欲しくない。

(だが、やはり彼女のあの清廉な美しさが一番映えるのは修道女服なんだがな……)

公の場では着せられないのは残念だ、非常にとフィデルは思う。

「私だ。入ってもいいだろうか？」

試着室になっているという大部屋の扉の前に立ち、表情を引き締めると中からの返事を待つ。

しばらくすると、マリィが「どうぞ」と扉を開けてくれた。フィデルを見て、にやり、と笑う。

目の前にある美しい光景に、フィデルはマリィの笑みの意味にようやく気づいた。

意味深な笑みにフィデルは少々悪寒を感じながら、部屋の中へ足を進めた。

「……？　どうした？」

「クレ……リア……？」

灰色の瞳が飛び出そうなほど目を大きく開き、フィデルがこちらを見つめてくる。

クレリアは自分の今の姿が面はゆくなりつい俯いてしまった。

「いけません。夫人、まだジッとなさって。背筋をしゃんと！」

デザイナーに注意され、クレリアは火照る頰を気にしながら顔を上げた。

フィデルはいまだ、微動だにしない。

(やっぱり派手なんだわ、このドレス……)

薄紅色の、肩の開いたドレスは初々しさを象徴するように可憐なレースがリボンやフリルを形作り、クレリアの身体を包む。

「鎖骨が綺麗ですから、もう少し肩を開けましょうか」

と、デザイナーが肩を下げる。

「あの……ずり落ちませんか？」

「大丈夫ですよ。私にお任せください」

屈《かが》むと胸の谷間がはっきりと覗けるほどに開かれる。自分から見てもどうにも危なっかしいのに、デザイナーは自信たっぷりに答えてくる。

「夫人は着やせするお方ですから、思い切って身体のラインを強調するか、またはこうして特に美しい部分を見せつける方がよろしいでしょうね」

「——駄目だ」

突然、拒絶の厳しい声音が響く。

フィデルだった。

今まで間が抜けているといえるほどにポカンと口を開けて見ていたのに、今度は厳しい拒絶と同じくらいに険しい顔でいる。

「身体の線は強調しない！　それから、今の衣装、肩が出すぎだ。それではずり落ちて胸が見えてしまうだろう？　そうしたらどう責任を取るつもりなんだ？」

「フィデル様、そ、それは申し訳ありません。——では、元の位置に戻しましょう」

フィデルの剣幕にデザイナーは慌て、急いで元の位置に戻す。

「それに身体の線も出すぎではないか？　何用なんだ？」

「まだ決めておりません。しかしこの色とデザインが一番夫人にお似合いになるので、初日の陛下との謁見時がよろしいかと」

マリィがデザイナーに助け船を出す。

「他の衣装は？　もう試着したのか？」

「はい」とトルソーに飾られた、華やかで美しいドレスをフィデルに見せていく。

その間、クレリアは内心ハラハラしていた。

いつもとフィデルの様子が違う。ドレスを見て、明らかに不機嫌になった。

(やっぱり、お金がかかりすぎなんだわ。きっと)

「もっと、身体の線が出ないように。これは……肩から腕まで全部出ているじゃないか！」

「今の流行でございます。それに夜会には適したものでございますよ」

「駄目だ駄目だ！　このドレスなんて背中が丸見えじゃないか！　なんとかならないのか!?」

残りのドレスすべてに物言いをつけていく。

「クレリアの着るドレスは、シンプルでいい！　無駄なことをさせるな！」

フィデルのこの言葉に、クレリアはショックを隠せずにいた。あっという間に顔色が真っ白になる。

「……申し訳ありません。当日はいつもの衣装で参りますのでドレスは結構です。お引き取りください……」

「クレリア様!?」

マリィが止める間もなく、クレリアはその場でドレスを脱ぎ捨てる。コルセットとドロワーズというインナー姿になると、その場から逃げ出した。

（自分が恥ずかしい……！　聖職者になろうとする者が、華やかなドレスを着て喜んでいるなんて……！）

最初は躊躇っていたクレリアだったが、一たび袖を通し、鏡の中の自分を見た時、胸がときめいてしまった。

フリルやレース、そして造花に宝石。キラキラとした世界がそこにあった。

幼い頃に無縁になった世界。クレリアだって年頃の女だ。当時よりも質のよいものに囲まれて、華やかな自分を見て、ときめかないわけがない。

——けれど。

『クレリアの着るドレスは、シンプルでいい！　無駄なことをさせるな！』

フィデルの言葉に現実に返り、改めて自分の立場を思い知った。

（私ったら愚かだった。そうよ、フィデル様が喜ぶはずがないわ。修道女服以外の服を着た私に興味などないし、お金を使われるなんて気分も悪かったに違いないのに……）

そうわかってても、クレリアの目から溢れる涙は止まらない。

やはり自分はフィデルにはなんとも思われていないのだ、と。

ただ、自分が二十歳を過ぎるまでここに居候している仮初めの妻。

そして、フィデルの周囲からの結婚の押しつけから逃れるためのもの。

修道女服を着た女性を毎日、愛《め》でるためのちょうどいい存在。

そこまで思い、クレリアは涙を拭いながら首を振る。

（いけないわ……自分のことを認められないからと、これではフィデル様のことをひどい男性と思っているようだわ）

フィデルはいつだって最善の方法を考えて、実行してくれている。今回のことも、きっと何か意図があるに違いない。

「それなのに私ったら……感情任せにあの場から逃げ出してしまって……」

謝らなくては、と寝台から足を下ろした時だった。

「クレリア、入ってもいいだろうか？」

フィデルだ。

「どうぞ」と声をかけると、申し訳なさそうに扉が開くが、クレリアを一瞥《いちべつ》すると慌てて扉を閉めた。

「フィデル様？」

「――何か羽織ってくれ……！」

そうだった。ドレスを脱ぎ捨てインナーの姿のままだった。

「少々お待ちを！」

クレリアは急いで寝台に広げてあったハウスコートを羽織ると、自ら扉を開けてフィデルを招き入れる。

「すまない！」

扉が閉まった瞬間、開口一番にフィデルが謝罪してきて、クレリアは呆気に取られてしまった。

「ドレスはとてもよく似合っていた。嘘は言わない。先にそれを言わなかった私の落ち度だ。誤解してしまっただろう？」

「……えっ？」

ドレスが似合っていた？　聞き間違いかと自分の耳を疑ってしまう。

「なのに……賞賛するより先に批判を口にしてしまった。頭がカッとしてしまってとにかく君の肌や身体の線を周囲から隠さないと、とそればかりになってしまった」

「いいえ、フィデル様は悪くありません。試着している私がデザイナーにそう言うべきだったんです。だって私は修道院に戻る身、肌を露出するなんて恥ずべきことですもの」

髪を乱し必死に謝罪をしてくるフィデルを、クレリアは嬉しくてつい微笑んでしまう。フィデルはやはり自分のことを考えて、それで指示を出してくれたのだ。

「フィデル様、やはり陛下の生誕の宴には修道女服で行こうかと……私には、やはりあの姿が一番いいと思うんです」

だがそのクレリアの意見に、フィデルは難色を示した。

「いや、君は還俗《げんぞく》したことになっている。さすがに陛下の御前では公式にのっとった服装の方がいい」

「そうですか。では、最初からドレスを修正し直します。……あの、フィデル様」

「うん？」

「ドレスと他の衣装や小物……ありがとうございます。アクセサリーやドレスが、こんなにキラキラして美しいものだったことを思い出させてくれました。大切に使います」

いくら宴のためとはいえ、散財させてしまった。それにクレリアにとってやはり衣装や小物は心華やぐものだ。これが年頃の女性の気持ちなのだろうと体験できたことは嬉しい。

彼女の言葉にフィデルはハッと何かに気づいたような表情を見せ、すぐに自責の念にとらわれたような声を出した。

「……私は、自分で思うより相手の気持ちに気づかないようだ。いや、それよりも……」

「フィデル様？」

何かを振り切るようにフィデルがクレリアの肩を摑むと、足並みを揃え歩いていく。

「二人で考えよう、ドレスの修正部分を。最新の流行を捉えながらも、クレリアが最も美しく映えるドレスに仕立て上げてもらわないと」

「で、でも……よろしいのですか？」

「当たり前だ。当日、私の衣装とも合うようにしなければね」

仲良く広間に戻ってきた二人を見て、マリィやデザイナーたちは安心したようにホッと息を漏らしたのだった。

五章

そうしてあっという間に日は過ぎて、国王陛下の生誕祭が始まった。

国を上げての祭りは豪華である。陛下の施しが村や町に届けられ、城下街ではパレードや出店、そして音楽隊が賑やかに楽器を奏で、それに合わせて人々が踊り、芸人たちが芸を披露する。

昼間に国王陛下がバルコニーに立ち、国民から祝意を受け取る。

そして夜からは王宮の広間にて貴族や幹部や名のある豪商たちが謁見し、陛下は祝意を受け取り、お言葉を述べるのだ。

謁見に向けてクレリアたちも屋敷で支度をする。

マリィを筆頭に「お任せください！　フィデル様だけでなく、その場にいる婦人や紳士たちも溜息を吐くようなお支度を完成させます！」と瞳を輝かせ、クレリアの支度に取りかかった。

鬼気迫るものを感じたが、公の礼儀に沿った支度などクレリアにはわからない。これは精通している者に任せた方が正解だ。

コルセットで上半身を引き締め、下は型の入っていないパニエだが、張りのある生地を何層にも重ね、ドレスの裾が広がるよう工夫してある。ドレスに着慣れないクレリアのために、試行錯誤して仕立ててくれたインナーだ。

その上に、喧嘩の原因になった薄紅色のドレスを着る。襟ぐりは大きく開けたが、肌と襟の間に柔らかな生地で仕立てた薔薇の造花を縫い合わせた。

こうすればしゃがんだ際に胸の谷間が見えることもなく、また華やかだ。

腰の両脇にはこれまた同じ素材で作った薔薇の造花を重ね、ミニブーケのように縫い合わせる。そこから後ろにドレープが流れ可憐な中に優雅さを表現した。

それはきっと歩く時に発揮される。腰から扇のように広がる裾は優雅に翻るだろう。

「御髪《おぐし》はいかがしましょう？」

「そうね……妻として出席するのですから、髪は上げた方がいいと思うんです」

いつもはベールに隠れてしまう髪なので一つに結わくか、そのままベールに隠してしまうが、今回はそういうわけにはいかない。

「ごめんなさい、マリィ。私にはいい案が思いつかないわ」

普段お洒落《しゃれ》などしないクレリアには、このドレスにはどんな髪型が似合うのか想像できなかった。

「大丈夫ですよ。私どもにお任せください！」と髪をくしけずる。

「御髪は編み込みながら上げていきましょう。寂しくならないよう緩めに編み込みます。後れ毛も出しましょう。それからチョーカーと共布のリボンと造花を飾って……そうですね、イヤリングは大粒の真珠で。そうだわ、チョーカーにも真珠を下げましょう。金の金具がついたものがあるでしょう？　すぐに縫いつけることができまして？　あと化粧は、薄紅色の衣装と同じ頬紅で、真珠の粉入りがいいわね。あれだと薄づけでも反射してキラキラするから。口紅は桃色に近い色味がいいわ」

さすがマリィだ。パッと頭に浮かんだ想像図で、てきぱきと手を動かし指示を出していく。

「少々お時間がかかりますが、驚くほど美しくしますからね！」

張り切るマリィが頼もしい。クレリアから笑みがこぼれ落ちる。

それにマリィが髪をといてくれるが、それがとても気持ちがいい。自分のことは自分でやる世界にいたから、こうしてくしけずられるのも久しぶりだ。

クレリアは思い出したことがあり、懐かしく口を開いた。

「幼い頃も、こうして髪を梳いてくれました……母が。私、寝相が悪くていつも『クレリアったら、髪がぐしゃぐしゃよ』って笑いながら。懐かしい思い出です」

「……クレリア様、クレリア様さえよければ毎日、このマリィが御髪をといてもよろしいでしょうか？」

「マリィ、でもお仕事が増えてしまうわ」

「普通の貴族の奥方もご令嬢も使用人に任せっきりですよ。それに、私もこうしてクレリア様の御髪を触れることが嬉しいのです。だってアドルナート家は男のフィデル様しかいらっしゃらないし、奥様は早くにお亡くなりになりましたから、お嬢様をお世話するという経験がなくて寂しかったんです。是非、やらせてください！」

「ありがとう……マリィ」

寂しさが声音に乗ってしまったのか。マリィは自分に気遣ってくれたのだろう。

「そうですよ、クレリア様」

「私たち、クレリア様がアドルナート家に嫁いでくださってとても嬉しいんです！　もっと私どもを使ってやってくださいな」

「クレリア様がいらっしゃってから、屋敷がとても華やかになったんですよ。きっと若い奥方様のお力ですよ！」

その場にいた使用人たちも口々に言ってくれる。

「皆さん……ありがとう」

涙ぐんでしまい、慌てて涙を引っ込める。

「私、フィデル様の妻でいる間、しっかりとお役目を果たしていきます」

クレリアの決意の表明だったが、一瞬静まり返った。

マリィを含め、皆、頭に疑問符が浮かんでいるような面持ちだ。

「……私、何か変なことを言いましたか？」

「その……『フィデル様の妻でいる間』というのは？　というか、以前も奇妙なことをおっしゃっていませんでしたか？　『フィデル様の頭の病』がどうのこうのと……」

マリィが詰め寄ってくる。勿論、髪を整える手は止めない。

「え、ええ……。フィデル様が『自分は頭の病だと医師に宣告された』と……」

クレリアの言葉に、周囲の使用人たちが目を合わせ始める。動揺しているようだ。

──屋敷にいる他の使用人たちは知らなかったんだわ。

自分の失態に思わず口を塞ぐが手遅れだ。これは大騒ぎになる、と覚悟していたら──

マリィの櫛《くし》を持つ手がプルプルと震えている。

「えっ……？　マリィ？」

泣かせてしまった。自分の失言にクレリアは大いに反省し、マリィに向かって立ち上がる。

「マリィ、ごめんなさい。こんな時にこんなこと、言うべきではなかったわね……。でも、大丈夫よ。フィデル様にはきっと神のご加護があります！　これから私たちが一丸となってフィデル様のご病状を支え合っていきましょう！」

マリィが自分の目に溜まった涙を拭う。

「あ、や……なるほ……ど……っ、時々、クレリア様が……涙ぐんで、いるわけ……わかり

「今まで黙っていてごめんなさい……。マリィたちはもう知っているのかと思ってたの」

「い、いえ……クレリア様が謝ることなどありません……ふっ！　……っ」

顔を覆ってしまった。ふるふると肩が震え、もう少し落ち着かせてから作業を進めた方がよさそうな様子だ。

クレリアは他の使用人に飲み物を所望する。——他の使用人たちも顔を歪めながらも、必死に平常心を保とうとしている。

「だ、大丈夫です。とにかくクレリア様のお支度を進めないと」

と、ようやく顔を上げたマリィの目は真っ赤でクレリアは心配だが、彼女がそう言うのならば、と大人しく鏡台の前に座る。

「……クレリア様」

見事な手さばきで髪を分け、編み込んでいくマリィを鏡越しに見つめているとマリィが声をかけてきた。

「はい」

「クレリア様のお心、このマリィ、とても嬉しく思います。どうか、私たちのアドルナート家への思いを、フィデル様にお伝えしていただけないでしょうか？　きっとクレリア様なら、フィデル様もご決心されると思うんです」

「何かしら？」

「フィデル様はクレリア様の将来をお考えになって、妻になさいましたが――まだ『仮初め』――本当の夫婦になっておりませんよね？」

「……ええ、フィデル様はそれをお望みのようですし……」

「アドルナート家としては、それでは由々しき問題だと私たち一同は不安を抱いております。このままではフィデル様の代で、この平穏が崩れてしまう危険性を秘めているからです」

「それは……？」

「それは――『跡継ぎ』。そう、アドルナート家の平穏を持続させるには、フィデル様の血を引くお子様の誕生が必要なのです。クレリア様との間にお子が生まれれば、私たちの不安もなくなり安心できます。どうかフィデル様に子作りを促して欲しいんです」

　マリィの率直な願いに、クレリアは薔薇色の頬紅より顔を赤くする。

「で、でも……フィデル様のご決意は固いようで……私から話して、果たして頷いてくれるかどうか……いえ、それどころか、彼の私へのイメージが壊れて、近寄らなくなりそう……」

　何せ「高潔」「高尚」「純真」「清白」「清く美しい」と、ひとかけらの不純なものも含んでいないように賞賛してくるフィデルのことだ。クレリア自ら誘ったら、近寄らなくなる前に卒倒しそうだ。

「それがフィデル様の理想の女性像なのでしょうけど、それを『修道女服』と『クレリア様』をくっつけてしまったのが、そもそも間違っていると思うのです。『修道女服』と『クレリア様』は全く別ですよね？　『なまもの』と一緒に見るなんて、フィデル様はおかしいですわ――あ、なまものなんて失礼なことを言って申し訳ありません。でも、そのままのクレリア様を意識しているのは、私どもの目から見ても確実です」

「そう……でしょうか？」

クレリアが自信のない返事をすると、「ええ、そうですとも」「クレリア様、自信を持って」と使用人たちが強く頷いてくる。

「クレリア様。どうか、私たちの思いをくみ取っていただけないでしょうか？　私たちはフィデル様のお子が見たい。アドルナート家の跡継ぎを皆でお育てしたいのです。そのお子を産むのは、クレリア様の他にいないと思っております。――どうか」

マリィが櫛を下ろし、一歩下がる。

「フィデル様の命の灯火《ともしび》が消えるまでに、自分の血を引くお子を抱かせてさしあげてください」

「マリィ……」

マリィと周りの使用人たちが、クレリアに向かって一斉に頭を下げる。

クレリアの支度はすっかり整っていた。

「クレリアの支度が済んだと聞いたのだが？」

先に支度を済ませていたフィデルが化粧室に入ってきた。

また自分を見て以前のように固まってしまったフィデルにどう声をかけていいのか、クレリアは困ってしまう。

『似合いますか？』なのか『どうでしょうか？　フィデル様のお気に召しまして？』と言っていいのか？

それとも『フィデル様のお召し物、とてもよくお似合いです』の方がいいだろうか？

クレリアも、着飾ったフィデルを初めて見た。

正装の生成色の生地に金糸の刺繍が入ったロングコートとベストに灰色のブリーチズ。袖口飾りがついた白いシャツに襞《ひだ》のついた胸飾り。艶のある黒髪や瞳の色と調和感があり、思わず感嘆の息を吐いてしまう。

クレリアだけでなく、見慣れているであろう使用人たちも見惚《みほ》れてしまっている。

「あの……どうでしょうか？」

なかなか声をかけてこないフィデルに、クレリアは思い切って自分から声をかける。

「あ……、そうだな……」

ようやく覚醒したようでフィデルは、また困惑した表情を顔に乗せ、マリィに告げる。

「マリィ……、その……クレリアの姿……目立ちすぎでは……」

またかよ――という顔を隠すことなくマリィは言い放つ。

「いいえ！　一般の貴族婦人の支度でございます！　クレリア様は公爵夫人ですよ？　新婚でただでさえ皆から注目を浴びるというのに、みすぼらしいお姿で陛下の御前に上がるおつもりで？」

「い、いや……とても綺麗なのだが……これでは注目を浴びてしまう……」

「浴びていいのです！」

フィデルの視線はマリィからクレリアに移る。

「クレリア」

「はい」

「やっぱり修道女服にしようか……？」

さすがのクレリアも「えっ？」と口を引きつらせる。

（修道女服を着るのはかまわないけれど……）

ドレスを脱いで、整えた髪型を外して、また着替えて――を最初からやり直す時間を考えたら、途中で疲れて王宮に行けなくなりそうだ。

それに、

「でも以前、『君は還俗したことになっている。さすがに陛下の御前では公式にのっとった

服装の方がいい』とおっしゃっていませんでした？」

そうならやはり、この格好の方が陛下のフィデルへの心証が悪くならない。

「む……そうだった」

彼は自分が言ったことなど忘れていたのだろうか？　という返答をする。

「でもな」「ううん」「これでは」と眉を寄せ、何本も皺を作っているフィデルのぐだぐだぶりに、とうとうマリィが切れた。

「いい加減になさりませ、フィデル様！　綺麗で他の男性の標的になりそうでお嫌なのはわかります！　そのときは『夫』であるフィデル様がお守りになればよろしいだけでしょう！　それをウジウジといつまでも！　フィデル様ご本人だって注目を浴びて、ご令嬢たちが放っておかないお姿だというのに！　それならフィデル様こそ、みっともないお姿に着替えていらっしゃい！」

一気にまくし立てて、クレリアに腰までのケープコートをかけてやる。

「さあ、もう王宮に行かなくては間に合いません。フィデル様、クレリア様は初めての宴なのですから、しっかりとエスコートしてさし上げてくださいね」

母親のような言い方をして、クレリアとフィデルを馬車に乗り込ませる。

ドレスの裾を整えながらマリィが、

「クレリア様。私どももあとからすぐに参りますから、ご心配なく」

そう言ってくれてクレリアもホッとする。さすがに化粧室はフィデルと別室だろうから、知っている顔がいた方が心強い。

「ありがとう、マリィ。先に行ってきます」

「はい。楽しんでいらっしゃいませ。——それと、お話しした件、どうか前向きにご検討くださいませね」

——子作りの件。

(フィデル様をその気にさせて、子供を……私にできるかしら?)

でも、そうしないとアドルナート家の未来はない、と言うのはクレリアにもわかる。フィデルが存命のうちに、自分の子を抱かせてあげたいとも思う。

「……ええ、善処します」

クレリアはマリィに、はっきりとそう答えたのだった。


カタカタ、と王都に向けて馬車は進む。中心部よりやや離れた場所に建っている屋敷だが、土の路面でも日頃、怠《おこた》ることなく整備をしているので、わだちなどなく、激しい揺れは起きない。順調に王宮へ馬車は進んでいく。

黒光りのする大きめの馬車の背には、アドルナート家の紋章が金で描かれている。この馬車は特別に仕立てられたもので、主にこうした祭典などに使用されるとのこと。

中は広く、クッションもきいている。造りがいいのでつり紐に摑まらなくても安定して座れた。

対面で座ってしばらく会話もなく、外の車輪の回る音が車内にも聞こえてくる。扉についた小窓には金糸の襞がついた幕が下がっていて、外の景色さえも見られない。

「マリィたちが、あとからついてきてくれる、と言っていたけれど……ついてきてるのかしら？」

一台しかこの道を走っていないような寂しさに呟いたクレリアに、フィデルはようやく口を開いてくれた。

「すぐに追いつくよ。そのためにややゆっくり目に走っているはずだから。追いつかなくても、確保している部屋を知っているから、陛下への謁見前に化粧直しができるだろう。大丈夫」

「そうなんですね、よかった」

ホッとする。

こうした泊まりがけの宴などの場合、着替えや身の回りの世話は手慣れた使用人たちを連れてくる。勿論、人数は制限されているが。

上級貴族には、王宮から使用人があてがわれるが、やはり顔見知りで慣れた相手がいた方が安心できる。それでなくても初めての場所に慣れないドレス姿で出向く。クレリアにとって、それだけで十分緊張する材料なのだ。

それに——フィデルの眼差しも気になる。

こうして二人きりになってから、フィデルの自分を見る目つきがいつもと違う気がするのだ。そう、いつもはまるで兄がいたらこんなふうだろうか？　と思う慈愛に溢れた穏やかな光を含んだ眼差しなのに、今はきつい光を帯びているように見える。

(嫌だわ……私。怖いと思うのにどうして、ドキドキしてしまうの？)

そんな目で見つめないで。

クレリアをまんべんなく眺めている灰色の瞳が不意に揺れ、閉じている小窓の幕に移る。

「先ほどはドレスのことで困らせてしまったね。すまない」

「……いいえ、お気になさらないでください。陛下が『いい』と言えば、今度は修道女服で行こうかと思っております」

クレリアの生真面目な答えに、フィデルが「ふっ」と微かに笑う。

「あまりに見違えて綺麗になったから……誰の目にも触れさせたくなくなってしまった。自分でもこんな感情が湧くなんて」

「あ、ありがとうございます……。フィデル様のお姿もとても素敵です。まるで、春の女神を呼ぶ使徒のお一人のよう……」

「ならばクレリアは、さながら呼ばれた春の女神だな」

「ご、ご冗談を……」

フィデルが言うとそんな歯の浮くような台詞がとてもよく似合うものだから、クレリアも受け流すことができず、ただ頰を真っ赤に染める。

「お互いに褒め合っていて、少々自信過剰かなぁ」

「褒めていただけると自信がついて、陛下の前でも堂々とお話しできそうです」

フィデルのとぼけながら言う顔が面白くて、クスクスと笑いながらも遊び心を含めた会話を返す。

「では、もっと褒めようか？　奥方？」

――奥方
いつもと違う呼び方をされて、クレリアの胸がトクンと一跳ねする。

ときめきだした胸は止まらない。どうしたら落ち着けるのかと考えているうちに、馬車が別れ道にさしかかった。右に曲がったために大きく揺れる。

「――あっ!?」

「クレリア！」

前につんのめったクレリアをフィデルが支える。

「危ない。私の横に座りなさい」

「ありがとうございます」

しっかりとフィデルの腕に抱き締められた形で、隣に移動させられる。

馬車が完全に曲がりきって真っ直ぐな路を進み始めた。

「ああ、城下街に入ったところだ」

確かに車輪の回る音が変わった。平らに整備された路だ。揺れも音もほとんどなくなって、カタカタと規則的に石畳を進む。

路の舗装よりも、クレリアは気になったことがあった。それは、もう激しい揺れもないのにフィデルがクレリアを放そうとしないところだ。

「あの……もう大丈夫ですので」

放してくれるようフィデルを見上げた時だった。

フィデルの手がクレリアの顎にかかる。

——目を逸らすな。とでも言っているように瞳がじっと彼女を見下ろしていた。

軽く顎に手を当てているだけなのに、ピリピリとした刺激を感じる。

顔が近づいてくる。フィデルの瞳に自分が映っているのを確認できるまで近づくと「目を閉じて」とフィデルが囁いた。

いつもはない彼のきつい目の光。あれは情熱の光だったのだろう。今、こうしていてクレリアは、はっきりと気づく。

だって、重なった唇が熱い——

啄むような口づけの中、フィデルの手が顎から頬へ。包むようにクレリアを押さえる。優しく労るような包み方が心地好い。

何度も唇を重ね、柔らかく押しつける。繰り返すこの行為にクレリアはだんだん夢心地になっていった。

今、こうして唇を重ねているのはフィデル。ちっとも怖いことなんてない。

そのうちに唇の隙間から舌が忍び込んできて、クレリアは身体をこわばらせた。

けれど拒むという選択肢はクレリアにはなかった。自分でも望んでいたのかもしれない。

もっと激しい熱が欲しいと。

口内でぐるり、と一回転したフィデルの舌は濡れた熱を残して一度引き抜かれた。名残惜しいとクレリアの手は、フィデルのコートをそっと握る。

その意思をくみ取ったのか、それともじらしているのか、フィデルはちゅ、と小さな音を立てながら、先ほどよりやや性急に唇を重ねる。

「ああ……どうしてくれようか」

フィデルが呟いた。

どういう意味なのか、クレリアには彼の気持ちがわかる気がする。自分も、どうして彼をこうも求めているのかわからないから。

別に今じゃなくていいのに。いや、これから王宮に向かい陛下と謁見するというのに、どうでもよくなってしまう。それほど彼の口づけは魅力的だ。

そしてフィデルも同じような気持ちでいるのかと思うと、ぞくり、と背中が粟立《あわだ》った。

フィデルの舌先がクレリアの上下の唇の形を辿《たど》る。その動きにうっとりとしていると、微かに開かれた唇の間を、ゆっくりと円を描くように舌がなだめ始めた。

まるで「もう少し待て」と言われているようだ。

(そんなに物欲しそうな顔をしているのかしら?)

いつものクレリアなら恥ずかしいという感情がすぐに態度に出て、彼から離れていただろうけれど、どうしてか今は羞恥という言葉が頭に浮かんでこない。

お互いにいつもと違う装いと、環境に酔いしれているのかもしれない。

ただ、彼の舌の動きに気を取られていたら、指も官能的に動き始めていた。

頬から片手が離れ、掠る程度にクレリアの輪郭を辿り、それから滑らかな首筋に落ちていく。肩を撫でて、また下から上へと指は動き、今度はほんの少しだけ強めに触れられる。

その間でも唇と舌の誘いは止まることなどしない。言葉はないのに饒舌に口説かれているかのようだ。

首筋から肩への指先の愛撫に理性を手放し始めたクレリアの唇は、咲き始めの薔薇のように開き始めている。フィデルはそこに花弁が痛まないよう、そろそろと舌をさし入れた。

——熱い。

彼の舌の熱が口内に沁《し》みていく。あっさりとクレリアはフィデルの舌に導かれ、彼の思うがままだ。

濡れた舌同士が重なり、絡まり合う。たまに吸われ、その刺激に身体を震わせた。

彼の指の動きはだんだん肌との密着度が増えていく。指だけでなく手のひら全体で、クレリアの白く細い首筋を撫で、滑らかな曲線を描く肩を擦り続ける。

「——ん、っ」

官能的な動きにクレリアの身体はずっと反応していた。粟立った感覚から次第に下腹に溜まっていく熱……。

——これはなんなのだろう？

もっと下へ落ちていく。そして下半身を疼かせる刺激へと変化していって、どう逃がしていいのかクレリアにはわからない。でも、止めて欲しくない。切実に思ってしまう。

これが男女の艶めいた行為の一端だということを、クレリアだって理解している。フィデルが突然、自分にこうした行為をし始めたのが、いつもと違う姿に感銘を受けた結果だと思えば嬉しかった。

フィデルの手がクレリアの鎖骨を撫でる。口づけはまだ熱く官能を呼び続けている。

ただ彼の情熱を素直に受け入れていたクレリアだったが、性急になった手がもっと下へ下りてきて、胸元に咲かせた薔薇の向こうを探り始めたのに、慌てて手を合わせ、押し出す。

――駄目、というように。

しっかりときつく締め上げて簡単にはずり落ちないようにしてあるとはいえ、男性の手が進入してきたら、はだけてしまうだろう。

フィデルは思ったより、あっさりと諦めてくれた。

代わりに、退けたクレリアの手を弄《いじ》り始めた。手のひらと手のひらを合わせ、指を絡めてくる。きつく絡まる指に、クレリアも同調するようにきつく握り返した。

意思をくみ取るように、口づけは止まらない。さらに激しく熱くなっていく。角度を変えるたびに浅く呼吸を繰り返し、飲み込めない唾液が口端から伝っていく。

それが首筋まで溢れないよう、フィデルが舐め上げる。そのたびにクレリアは堪らなくて切ない声を上げた。

「クレ……リア……」

唇が離れた刹那、フィデルが名を呼びながらドレスの裾を捲《めく》り上《あ》げ始めた。掠れた声音の中に劣情が見え隠れして、クレリアははっきりと覚悟した。

絹の靴下を擦る彼の手から伝わる感触で、背中がぞくぞくする。弧を描くように幾度か往復した手は、怯えるようにそろそろと素肌の腿に触れた。

「真珠でも触っているかのようだな……」

フィデルが呟いた。

（フィデル様……）

今、自分の体勢は倒れないようにといつの間にか彼の肩に腕を回し、膝の上に自分の足を投げ出している格好だ。ドレスは膝まで捲られて、盛り上がってしまっている。しかも対面の状態だ。

それでも恥ずかしいと思わない。頭もボォッとしていて、媚薬《びやく》でも注がれてしまったような気持ちだ。

しかし、それも突然終わりを告げた。

ゆっくりと馬車が速度を落としていくのに気づいたフィデルが、ゆっくりとクレリアから離れた。

「もうじき着くようだ。……マリィが来たら化粧直しをしてもらおう」

余韻に浸る時間さえ取れないのが惜しい、という音色がフィデルの言葉に含まれていてクレリアも寂しくなる。

けれど、これから謁見がある。夜は長いのだ、今夜は特に。

クレリアは、馬車から降りた時に恥ずかしくない姿でいられるようにドレスを整えた。

馬車の扉が開かれた先に、大急ぎで追いついたのだろうマリィがすでに控えていた。

クレリアを見て一瞬、顔をしかめたがすぐに平静な表情に戻り、「では謁見前にお化粧を直しましょう」と恭しく手を引いてくれる。

車内で何があったのか、聞かないでいてくるのはありがたかった。

(聞かれても、どう答えていいか悩むけれど……)

ドレスの皺になった部分にこてを当てて、伸ばし、それから化粧も整える。浮いてしまった髪の編み込み部分は、もう一度外して結い直しだった。

「さあ、お支度が済みましたよ。これで陛下の御前に出てもケチなどつけられやしません」

「ありがとう、マリィ」

「すぐにフィデル様をお呼びしましょう、すでに宴は始まっていますもの。あまり遅いと『お気に入りの公爵がまだ来ない』と、陛下の機嫌が悪くなりますからね」

聞くと国王陛下はまだ十六歳と若い。フィデルのことをまるで兄のように慕っていると聞いている。

「きっと今か今かと待ちわびていらっしゃるわ。急がないといけないわね」

「ええ、すぐにお呼びいたしますのでそのままで」

にこやかにマリィを送り出して、ものの数分でフィデルを連れて戻ってきた。

「お待たせして申し訳ございません、フィデル様」

「いや、女性の支度に時間がかかるのは世の常だ。謝ることなんてない」

と謝罪するクレリアに緩やかな笑みを作ると、フィデルは腕をさし出す。

クレリアは紳士らしいその仕草にほぅ、と頬を染め、そっと手をかけた。

「初めては誰でも緊張するものだ。もし何も頭に浮かばないほど緊張してしまったら、笑顔を向けなさい。私が補佐するから」

「はい、ありがとうございます」

そうしておつきの者たちが見送る中、二人は控え室から大広間に向かった。

マリィが扉を閉めたあと、室内では「来年にはフィデル様のお子が拝めるかもしれないわ！」と大騒ぎになったことを二人は知らない……。


——そこは、クレリアの知らない世界だった。

何百という蜜蠟が灯され、クリスタルガラスが輝く豪華なシャンデリアが幾つも天井を飾り、会場内を明るく照らす。

床は磨かれた大理石。王家しか使用を許されない鮮やかな赤の絨毯にカーテンは金糸が使われ、シャンデリアの灯りを吸収しているように輝く。

所々の柱には、この季節によくぞこれだけ量を揃えたと感心するほど生花がふんだんに飾られて、華やかさを演出している。

そして軽く摘まめるようにと立食が用意されていて、オードブルが美しく並べられて食べるのが惜しくなるほどに芸術的だ。菓子も色とりどりに並べられていて、それも迂闊に手が出せないほど美しい。

そして——その風景に負けないほどの華やかで煌びやかな衣装に身を包んだ招待客たち。

陛下の御前に続くレッドカーペットをフィデルに導かれて歩く。

今までにないほどの緊張に、クレリアは目眩を起こしそうだった。

微かに聞こえる招待客たちの会話さえも耳に入ってこない。それも陛下の元に近づけば近づくほど静寂となっていく。

知らずクレリアの手は震えていたのだろう。フィデルがもう片方の腕でそっと支えてきてくれた。視線を上げると彼が微笑んでくれている。

——大丈夫、と。

(……そうだわ。フィデル様が傍についていてくださっている……大丈夫、いつものようにしていれば)

フィデルが止まり、クレリアも習う。そうして二人合わせて最上礼をする。

目の前に鎮座する国王陛下に。

「ようやく来たか、フィデル！　待ちかねたぞ！　私の誕生日の宴に一番に駆けつけてくれないとは……よほど新妻に心奪われていると見えるな！」

嫉妬混じりの言葉だったが威勢がいいせいなのか、やんちゃな少年がませたことを言っているように聞こえ、クレリアは床を見ながら口端を上げる。

「申し訳ございません、陛下。何せ私も新生活に慣れないことも多く……。改めて満十六のお祝いを申し上げます」

「うん、嬉しく思うぞ。一つ歳を重ねたが変わらない忠誠を期待する」

「はい」

「それと――そろそろ公爵の自慢の花嫁を紹介してくれないか?」

「それは失礼しました。クレリア」

自分の番だ。

(落ち着くのよ、クレリア。いつものように……院長やフィデル様に教わったことをやれば大丈夫)

「ク、クレリア・アバーテ・アドルナートと申します。陛下、お誕生日を心よりお祝い申し上げます」

「うむ」と陛下の返事が聞こえた。普通の貴族に対しての言葉かけはたいてい一言二言で終わる。それが一般的だと聞いていたので、とりあえず悪い印象はなかったようでホッとする。

「顔を上げよ」と命じられ、フィデルに合わせ顔を上げる。

クレリアは間近で拝見する陛下の容姿を見て、驚いて惚《ほう》けそうになった。

フィデルも稀に見る容姿端麗な男性だが、陛下も負けず劣らずなのだから。

まるで傑作の彫像でも見ているように美しい。

それでも彼が血の通った人だとわかるのは、柔らかそうなプラチナブロンドが耳朶《じだ》にかかり揺れて、頬は紅潮し、フィデルより薄い灰色の瞳は生き生きと輝いているから。形よい唇がもっとクレリアたちと話したい、と動く。

「私も春には妃《きさき》を娶る。その際には是非、我が妃と仲良くして欲しい。クレリアよ」

意外な声かけにクレリアだけでなく、周囲に控えていた臣下たちや貴族たちも声を上げる。

未来の妃の友人となるよう、公の場でクレリアに頼んだのだから。

(わ、私が……？　陛下のお妃様になるお方と……？)

名誉なことだが、ここで断るという選択肢はできない。注目を浴びている中、フィデルに助けを乞うように視線を投げかける。

――大丈夫だから
と、伝えてくるような彼の微笑みにホッとする。

「陛下、大変名誉なことですが……妻は今回が社交界デビュー故、まだまだ経験不足にございます。そのお話、また折を見て……今夜は即位してまた一年成長された陛下を純粋に祝う宴でございます。ただそれだけをお祝いさせてください」

「ここでこのような話、無粋であったか？　――まあ、よい。これで公爵と腰を据えて話のできる機会を設けたと思えば、それもよかろう。何せ、お前ときたらいきなり結婚して驚かせたばかりか、王宮に参上する日も減っているのだから」

「お叱りはごもっとも。あとでたっぷりと恨み言をお聞きしましょう」

フィデルの言葉にまだ少年の陛下は満足そうに目を細め、口角を上げた。

「では、私の不満が収まらないうちに参上するように」

ドッ、と笑いが出た。どうやら陛下特有の冗談らしい。

フィデルも苦笑いを見せながら「御意」と頭を下げたので、クレリアもそれに倣った。


それからクレリアは会場で大変だった。

フィデルが注目されるのは身分からしても、その財力、権力共々トップクラスだから当たり前のこと。

クレリア自身は男爵の爵位を受け継いでいるが、財もないし権力もない。そしてつい最近まで修道院にいた令嬢だ。

そんな娘がいくら国有数の貴族の元に嫁いで噂に上がろうと、周囲は『付属品』『お飾り』としか思わなかった。しかも、結婚してから今まで社交的な行事に出向いた話も聞かないし、屋敷に招待された貴族夫人がいる、ということも聞いたことがない。

宴には夫であるアドルナート公爵に付き添っているだろうが、そこは『公爵と会話するついで』に会釈をするか、一言二言話せばいい――と、周囲は認識していた。

親しくなるのはアドルナート公爵に限る。その奥方は添え物の花だと。修道院育ちの、世間知らずの令嬢だ。『物珍しくて妻にしたに違いない。すぐに飽きて愛人を作るだろうよ』

と心ない中傷を囁き合っていた。

――しかし、陛下に話しかけられたばかりでなく、まだ正式決定ではないが『新王妃のご友人の一人』になって欲しいと直接乞われたのだから、注目度が一気に上がってしまった。

しかも『アドルナート公爵夫人をご覧になりまして？　白百合を想像するような高潔さのある美しさだわ』『いやいや、咲き始めの薔薇のように初々しい可愛らしさだろう』と絶賛し始めた。

謁見の済んだ貴族たちは我先にとフィデルとクレリアの元へ集まってくる。

「アドルナート公爵夫人クレリア様。初めまして、私ベリア侯爵の妻アマンダです。今度茶話会を催しますの。ぜひいらして」

「あら！　わたくしの屋敷で開催する朗読会の方が日にちが近いわ。ご興味はおあり？」

「初めまして、アドルナート公爵と普段から親しくしていただいているケイドンと申します。公爵には商いで大変世話になっていて……」

次々と矢継ぎ早に紹介が続き、会話をする。必死に自分を売り込もうとする熱気と、場の華やかで賑やかな雰囲気になれないクレリアだったが、フィデルのために懸命に愛想を振りまき、応対する。

必死だったが、修道院で厳しく習い、身につけていた教育のおかげでひどい失敗はなかった。

それに――一番クレリアを安心させ、勇気を奮い起こさせてくれたのは傍にいてくれるフィデルだった。

彼が寄り添い、支えてくれる。一緒に会話に参加して、内容を誘導してくれる。また、しつこい貴族たちからはさりげなく離してくれた。

何気に誘惑してくる男たちには、冗談交じりにも厳しい言葉を投げかけてもくれる。

(フィデル様がいるからこそだわ……)

クレリアは励ますように自分の肩や腰、背中に手を当てるフィデルと幾度となく目を合わせ、互いに微笑み合う。

その様子は新婚夫婦と呼ぶに相応しい雰囲気で、目と目と合わせ、顔さえも触れ合いそうになるほど近い。

幾度か唇まで触れ合うのか？　という距離で、周囲がそのたびに咳払いをしたり、見ないようにと扇で顔を隠す夫人も現れるほどだった。

アドルナート公爵夫妻は熱愛夫婦だとこの宴だけであっという間に広まり、認識されたのだった。

とはいうものの――この熱気に、慣れていない衣装に、煌びやかな会場と貴族の面々。踵《かかと》の高い靴で足も痛い。我慢強いクレリアも、だんだん疲労の色を隠せなくなってきた。

「クレリア、辛くなってきたかい？　部屋に戻ろうか」

血色が悪くなってきたクレリアに、フィデルがそっと声をかける。

そう言ってくれるが、よい雰囲気のこの場を自分のために白けさせたくなくて、クレリアは微笑んでみせた。

「いえ……大丈夫です」

「いや、初めての社交場だ。疲れただろう？　まだ宴は続く。自分のペースで楽しんで正解なんだよ」

そう言うとフィデルはぐい、と彼女を引き寄せ、談笑していた周囲に一旦下がることを告げようとした——その時だった。

割り込みながら前に出てくる者がいて、一斉に視線が注がれる。

無理に身体を割り込ませたのでぶつかった者もいて、露骨に不快な顔をするも、その者は我関せず真っ直ぐにクレリアたちに向かってくる。

中高年で、元々容姿の優れた男であるのが窺える。だが、どんなに高級な生地で仕立てた衣装を身に纏《まと》っていても、酒を過剰摂取し続けた赤ら顔と濁った瞳は、乱れた生活を送ってきたことを隠せようもない。

場にそぐわない無骨者にフィデルも顔をしかめるが、招待状がなければ入場できない会場にいるのだから、それなりの地位の者なのだろう。

「……あ」

誰だろう？　という雰囲気の中でクレリアは声を小さく上げる。

身体の震えが止まらない。

急速に身体から血の気が引いていく。寒気と吐き気がクレリアを襲う。

「クレリア？」

フィデルが異常に気づく。やってきた中高年を見た時からだと、彼女の前に立ちはだかろうとしたら、予想外な人物——アベラルドとジルベルタも一緒にやってきて面食らってしまい、出遅れた。

「クレリア！　久しく見ないうちに娘らしくなって！　見違えたよ！」

その隙にと中高年の男は馴れ馴れしくクレリアの手を握り、あまつさえ抱き締めようとしてきた。

刹那、会場の空気が切り裂かれるほどの悲鳴が響き、クレリアは男を押しのけた。

(どうして……？)

どうしてこの人がここに？

私の前に現れたの？

私に母と同じようなことをさせるつもりなの？

ぐるぐると絶望と恐怖と疑問が頭を巡る。

気持ち悪い——

クレリアは、そのまま気を失ってしまった。


『お母様！　お母様！　助けて！　怖い！』

泣き叫ぶ小さな少女の声。

――あれは、私だわ。

クレリアはその声に向かって必死に走る。今の私なら、助けることができるかもしれない。

そんな気がしたのだ。

だが瞬間、場面が変わり自分は幼い少女に戻っていた。

――そんな。

逃げなくては。恐怖が迫ってくる。

立ち上がり逃げようとすると、もう自分の周囲は影に覆われていた。

影から無数の手がクレリアに迫る。

それと大小さまざまな目が自分を見つめていた。

嫌らしく動き、迫る手と血走った目がクレリアを囲み、じわじわと距離を縮めながら近寄ろうとしている。

――いや！　いや！　お母様！

『母はもういないのだよ。だから今度からはクレリア、お前が――』

——誰？　お父様？　いや、いやよ！　誰か助けて！

手や目から逃れることができず、クレリアは泣きながらしゃがみ込む。

『クレリア、クレリア』

——この声、知ってる。

怖々と顔を上げると抱き上げられた。

『クレリア。怖かっただろう？　もう大丈夫だ』

抱き上げる腕は力強く、優しい。子供を抱くのに慣れている腕だ。邪気のない笑みを私に向けて、母がするように頭を撫でてくれる。

顔を知っているのに、思い出せない。

『おじさまは誰？』

小さなクレリアは問う。

『私かい？　私はね——』


「クレリア！」

「……あっ」

フィデルが覗き込んでいる。フィデルだけでなく、マリィも。

二人とも眉尻を下げて、不安そうな表情でクレリアを見つめていた。

「……ここは？」

まだ朧気《おぼろげ》な頭で周囲を見渡す。どうやら自分は長椅子に横になっているらしい。そしてここは自分に割り当てられた王宮の個室だ。

フィデルがクレリアの上半身を起こし、気つけの酒を飲ませてくれる。

大人しく口に含むと喉元がカァッと燃え上がり、その熱さで少し頭が覚めた。

「私……倒れたのですね……」

なんていう失態をしてしまったのだろう。

「申し訳ありません……。前からの準備もすべて無駄にしてしまって……いえ、フィデル様の評判までも落とす結果になったら……」

自分のしでかしたことの重大さに今度は涙が溢れてきて、クレリアは手で顔を覆い、謝罪をする。

「私のことはいい。そんなことで評判が落ちるほどの家ではないし、へこたれる私でもない」

「……でも」

「大丈夫だから。さあ、もっと飲みなさい。マリィに軽食とアルコールの入っていない飲み物を持ってこさせよう。今夜はもうここでゆっくりしていよう」

おそるおそる顔を上げると、間近にフィデルの微笑んだ顔があった。

迷惑だと微塵も感じさせないその態度と表情に、クレリアはもっと泣きたくなってしまう。

この顔、態度、似ている——あの方に。

そうだ。当たり前だわ。思い出す。あの時のことを。

——あの時、私を抱き上げてくれたのは……！

「……ごめ……！　なさい……！　わた、し……！　フィデル様のお父様……ロバート様に助けていただいたのに……すっかり忘れていたのね……！」

「クレリア……？」

突然、興奮して泣きだしたクレリアをフィデルは、そっと抱き締める。

「やさ……しくしないで……！　お願いです！　私は……ロバート様の恩義も忘れてのうのうと修道院で暮らして……！　今度は息子である貴方に迷惑をかけるなんて……！」

腕の中から逃げようとするクレリアをフィデルはますます囲い、胸の中へ導く。

「落ち着いて、クレリア。何かを思い出したのだね？　ゆっくりでいい。思い出したことを話してくれ」

「駄目、駄目……！　話したら……フィデル様にご迷惑をかけてしまう……！」

「迷惑なんかじゃない。私はクレリアを助けたい」

「でも……！　でも……！」

「愛してるから、君を」

フィデルの台詞にクレリアの涙が止まる。

気がついたらマリィも、一緒についてきているはずの使用人たちもいない。

会場から離れた個室はしん、と静まり返り、フィデルとクレリアの二人の気配しか感じられなかった。

「……今、なんて……？」

フィデルが今、自分に向けて言った言葉は空耳ではないのか？　それとも誰かの悪戯《いたずら》だろうか？

確認したくてクレリアは図々《ずうずう》しくもお願いしてしまう。

「愛してる。クレリア、君を」

また聞こえた。今度はより、はっきりと鮮明に。

それでもまだ信じられなくて、フィデルにまた問い詰めてしまう。

「あ、あの……でも私……今、修道女服の姿ではありませんけれど……」

「ああ、そうだね。美しいドレス姿だ」

「フィデル様はその……女性に興味があるのではなくて修道女服にご興味があってそれが、お好きで……修道女服が最高に似合う女性を選んだのが……その、私であって……私が一生修道女服を身に纏えるように、取りあえず結婚して仮初め夫婦になって……早くて二年後、私が二十歳を過ぎたら修道院に帰すということかと……」

「……ああ、うん。その……私は修道女服が好きで、それを身に纏っている女性は尊くて素晴らしく美しいと思っているよ。それは今も変わらない」

「そうですよね……」

なのに、なぜこの姿の自分を見ながら「愛してる」と言ったのだろう。しかも二回も。

（二回も言わせたのは私だけれど）

「自分自身が信じられないのだが……どうやら私は、恋愛関係にとても疎いらしい。それで今まで、勘違いして認識していたみたいだ」

「『修道女服を着た女性』が愛《いと》おしいのではなく……？」

「それが勘違いだったらしいのだ。……その、修道女服が好きなのは確信なのだが……誰でもいい、というわけではなかったのだ。君——『クレリアが好き』なのに、志願生とはいえ、私の好みの修道女服姿でいつもいたから……てっきり『クレリアの修道女姿が好き』だと、思い違いをしていた……」

クレリアは最初、言葉の意味を呑み込めずにいた。

フィデルが「呆れただろう？」と微苦笑してきて、徐々に意味を呑み込んで吸収してくると、全身が一気に熱くなった。

「フィ……デル様が……？　私を……？　ずっと……？」

「父から君を見守るように頼まれて、修道院で君を見つけてから……多分。……あれは単なる『一目惚れ』だったと気づくのに、私の嗜好が随分邪魔をしてくれたよ……」

突然の告白に、求婚時以上に驚かされてしまう。

あの時も嬉しかった。自分の初恋がどんな形であろうと実ったのだから。

——でも、この告白はそれを上回る。

(フィデル様が私を……愛して……？　修道女姿でない私を……)

「夢……。まだ夢の中なのかしら？」

試しに自分の頬を抓《つね》ってみる。

突然、自分で頬を抓りだしたクレリアに、フィデルは驚いていた。

「痛い……夢じゃないのね。こんな幸せな瞬間が夢じゃないなんて……！」

「夢じゃない。現実だ。私はクレリアを愛してる。最初は見かけだけ惚れたのかもしれない。でも、ずっと見守り続けて、私は君の可愛いところもいつも笑顔を絶やさないところも、孤児院の子供たちに優しく、時に厳しく教えている姿も、時々我慢できなくて涙をこぼすところもみんな知っている。そしてアドルナート家に来てから、また私の知らなかった君を知って、これ以上ないほど惹かれて愛してしまった」

フィデルはそう言いながら、抓った頬を擦りながら泣き笑いするクレリアの手に何度も口づけを落とす。

なんて素敵な時間なんだろう。毎日神に祈りを捧げて「この平穏こそ、生きていく中の最も幸せな時間」と、これ以上の至福の時などないと思っていた。

エルマンノの修道女たちはよく『恋や結婚を経験してからでも遅くはない』と、早く修道女になりたいと駄々をこねるクレリアを諭していた。

(今ならわかる……ありがとうございます。恋の哀しみも楽しさも成就した喜びも、生きていく中で幸せな時間の一つなんだわ)

手に口づけを繰り返していたフィデルの唇は、抓った頬へ移動する。少し、乾いた感触の唇。けれど、温かくてホッとできる。彼の自分への労りが伝わってくる。

「……色々、互いに話さなくてはならないことがあるが、今は勘違いから両片想いになって、そうしてようやく成就した恋を堪能したいのだが……」

フィデルと視線を絡ませる。

クレリアも、ようやく気づいた。最近の彼の眼差しが違っていた意味を。

「私も……私も、フィデル様にお話ししたいことが山ほどあります。けれど……今は貴方からの愛を受けたい」

熱の込もった視線を絡めているうちに言葉など自然と消え失せた。

どちらからともなく、唇が重なる。

フィデルの腕がクレリアを容易に持ち上げると、行き着く先は隣室の寝台だった。

寝台に折り重なり、また唇を重ね合わす。

気を失った際に、緩められたドレスはあっという間に剝がされてしまった。

角度を変えながらも続く口づけの中、フィデルの手はクレリアの結わかれた髪を解き、乱雑に花飾りを床に投げ捨てていく。

次はクレリアのコルセットに手をかけてきた。しっかりと胸元を支えられるようにと固い素材で作られていたがすでに紐は緩くしていたので、呆気なく外されてしまう。

下には肌を痛めないようにと綿製の肌着。心許《こころもと》なくクレリアはそっと手で胸を隠そうとするが、フィデルに止められてしまった。

手を絡め合わせ、なおも執拗《しつよう》に口づけを繰り返す。

たったこれだけの状況で、クレリアの乳房がとくんとくんと、大きく脈打っている。フィデルの方も、部屋にいた時点でロングコートや袖口と胸飾りは外していて楽な姿でいたから、シャツの上からでも容易に彼の熱を感じられて、クレリアの興奮に拍車をかける。

フィデルの手のひらは柔らかい肌着の上から乳房を包む。布越しに彼の指が動き、小さな頂きを探り当ててからかうように摘まむ。

「――っ!」

クレリアが堪らず声を上げたが、口づけされていて彼の口内に消え失せてしまう。

フィデルの手はさらに強く乳房を揉みしだき始める。胸先から下肢に何か、突き抜けるような奇妙な感覚が走り、クレリアの足が呼応するように突っ張る。

まだ触れられていない下腹が潤ってきて、熱が上がり自分の身体の変化に戸惑いながらもクレリアは受け入れる。

乳房をなぶりながら彼は肌着の胸元の紐を外していく。元々、被り物の肌着は途中までしか紐はない。フィデルは惜しみながらクレリアの唇と別れを告げると、彼自ら肌着を脱がす。

身体の熱が一瞬、部屋の冷気に奪われたがクレリアのフィデルへの想いをすべて奪うまでにはいたらず、さらに熱を生み出していく。

「熱いな。クレリアの身体が熱い……」

珠《たま》のように白い肌が晒《さら》され、形よい乳房がフィデルの前に暴かれると、彼は先ほどとは違って、壊れ物でも扱うように触れだした。

「あっ、ぅん……！」

微かに指先に動きをつけながら乳房に触れるものだから、クレリアはこそばゆさに身体を揺らす。そのたびに呼応して乳房も揺れ、フィデルの理性を乱しているようで、彼の灰色の瞳が激しく揺れている。

「綺麗だ。君は心だけでなく身体も美しい」

掠れた声音で囁く賞賛は、背徳的な響きがある。少なくともクレリアにはそう感じられ、どうしてかまた下腹が濡《ぬ》れてくる。

微かに触れる程度の指先が乳房の先に辿り着くと、形をなぞるように動きだす。

「……っあ、ぁあ……っ」

乳房に触れられている時と違う感覚に戸惑い、クレリアは自然と目を瞑る。

「感じるようだね……ここがいい？」

「ちが……っ、はぁ……っん！」

フィデルの指先の感触がはっきりとわかる——頂きを摘まれた。

そのまま、ゆっくりと擦られ手のひらは乳房を揺らす。微妙に違う二つの刺激にクレリアはなすがままにただ声を上げた。

「クレリア、見てごらん。ほら、今まで淡い色をしていた突先が、紅く色づきだした」

「……えっ？」

初めて経験する刺激に知らず涙が溜まっていた目を開ける。フィデルもシャツを脱ぎ捨てていて、彼の男らしい優美な均衡の胸の線を目の当たりにする。そうしてから素直に彼の視線の先を見つめると、そこは自分の乳房で、弄られて紅く膨らみを帯びだした頂きがあった。

「……ぁ、ぁあ……っん、い、意地悪なことをなさらないで……っ、ん！」

「虐《いじ》めているわけではないよ……ただ、クレリアのすべてが可愛くて、じっくり触れて見ていたくなるだけだ」

「そんなふうに……見ては……いや、で……すっ……！」

「では——こうしようか」

フィデルは恥ずかしがるクレリアの胸に顔を埋めると、乳房の紅く膨らんだ頂きを口に含んだ。

「きゃっ！　ぁ、ぁ、ぁあ……っ、んん」

濡れた感触に包まれた頂きからは、今まで感じたことのない刺激がやってくる。敏感に感じ取ったクレリアの身体は、ひくひくと揺れる。

「たったこれだけのことで、こんなに感じて……とても感じやすいのだな。知らなかったよ」

フィデルが感動と驚きの込もった言葉を吐き、また悪戯の続きでもするように頂きに食らいつく。彼の舌はひどく淫らに動く。舌先で転がし、乳輪をなぞり、時々音を立てて吸い、果てには甘噛みをした。

両方の乳房を手のひらで転がされながら、交互に口淫される。休むことない責めにクレリアは、何度も背中を反り返らせた。

「んん……ぅあっ、や……っぁん！　んんっ！　はっ……あ……っ」

ストロベリーブロンドの髪を乱し、敷き布に押しつけて身を捩《よじ》る。初めての責めにクレリアはどう逃がしていいのかわからず、ただ素直に刺激を受け取る。

擦るように腰を捩るので、幾層にも重ねたインナーも下へずれていった。

「邪魔になってしまうね」

フィデルが身体への戯れを止め、クレリアの下半身を覆うインナーを剝がす。すべてを脱がされ裸体を晒されたクレリアは、どうしていいかわからず、怯えたように身を縮こまらせた。

——だって、フィデル様がじっと見下ろしている。

「恥ずかしい……。どうか、そんなに見ないでください」

「どうして？　やはり、クレリアは綺麗だ。修道女服やドレスの下に、こんな美しいものを隠していたなんて……君は罪作りだな」

クレリアに告げる彼の声はいつもと違う。どこか夢心地の中にいるような、それでいて艶めかしくて耳朶に届くと身体がまたゾクゾクしてくる。

「クレリアの恥ずかしい部分を見せて欲しい……」

そう言って、フィデルは彼女の膝をそっと開く。

そこまで暴かなくては次に進めないのだろうか——硬直し少しの間、抵抗したが、「クレリア、大丈夫だから」と促され、子犬のように従ってしまう。

膝が開かれ、小股の向こうにある秘花が覗かれる。

思っていたより大きく開かれてしまい、ひやりとした空気を感じる。何よりもこんな部分を他の誰にも見せたことのないクレリアは、羞恥で気を失いたくなった。

なのに、どうしてだろう？　こんなに怯えて震えているのに、怖いという感情が湧いてこない。それどころかトクトクと胸の鼓動が煩《うるさ》いほどに聞こえ、身体は何かを期待しているように熱い。

「クレリアのここも、とても綺麗だ」

吐息混じりの低い声が、ひっそりと咲く淫花を褒める。

「フィ、フィデル様……っ。そんなに見ないで……っ」

彼に見られている、それだけでまた下腹が熱くなる。何か溢れてくる。

流れてくる何かにクレリアは足を閉じようとしたが、フィデルがそれを阻み、自分でさえ碌に見たことのないそこに口づけをした。

ぴくり、とクレリアの身体が跳ね上がる。

「ひゃっ……っ！　あ、ぁあ……！　だ、駄目、いけません、フィデル様……っ！」

濡れた舌が秘花といえる秘裂に触れた瞬間、その刺激にクレリアの身体はこわばる。この強くて痺れる刺激はなんなのだろう？

恥ずかしくて堪らないのに、膝は大きく開かれたまま彼の舌を受け入れている。

秘裂の奥に咲くまだ未熟な花芯を彼の舌は辿り、探っていく。彼の舌が動くたびに切ないような甘いような感覚が下腹の奥を突いてくる。

「はぁ、あぁ……っ、ん、んん……ど、どう、して……こ、こんな……ぁあ……ん」

クレリアの足の間が熱を帯びてくる。甘い切なさはどんどんよくなってきて、ヒクヒクと何度も身体をひくつかせてしまう。

「はぁ……、な、なに……？　あっ、あ、熱い……、痺れるの……わ、わからない……」

これが快感だと気づく。小さい波が何度も押し寄せては初めての悦楽を置いて引いていく。同時、下腹からじわじわと滲み、流れてくる。

ぴちゃ、という水音が微かに聞こえてきた。

「わ、私……？」

「蜜が溢れ、濡れてきたんだ。それでいい。感じてくれれば当たり前の生理現象だから」

じゅ、と蜜をすする音が聞こえる。身体から溢れてきた体液を舐められている。それに気づき、恥ずかしいのに反して下腹の奥がきゅう、と締めつけ、また新たな蜜を流し彼に渡している。

(私の身体が……喜んでいるの？)

そうとしか思えない反応だ。確実にフィデルの愛撫に順応して、快感を得ている。

彼は気をよくしたのか、さらに花芯を貪る。舌先で転がし、押しつぶし、吸う。クレリアはそのたびに初々しい反応をした。

喉を反らし、恥ずかしい部分を無防備に晒し、フィデルの作る快感に翻弄された。

子宮が収縮を繰り返し、下腹がたぎるように熱くなり、粘着のある滴をとろとろと流していた。

「あああ、あああっ！　ぃい、ぃやぁ……っ！」

あわいを行き来していたフィデルの舌が、もっと深い場所へと——蜜路へ潜り込んできて
クレリアは一瞬、息を詰めた。まだ誰も踏み込んだことのない隘路《あいろ》は硬さが残り、受け入れ
はまだ早いと拒絶をしている。

「まだ、痛むかな？」

「……少し。でも大丈夫です」

「無理は禁物だ」

ちゅ、と音がする。フィデルがクレリアの小股に口づけを落とした。

「——あ、ぁあん……」

「ここも、クレリアの好いところだったのだね」

察した彼は、内股から付け根まで舌先ですっと流す。

片足を持ち上げられて、舌が這う様子をクレリアに見せつける。舌が這うだけでも背筋か
ら得も言われぬ甘い痺れが伝うのに、腿を押さえる彼の手もゆるりと動かすものだから、そ
こからも快感がやってくる。

「ふっ……、ぅぅ、ん……んんぅ、っ、はぁ……」

「クレリアのここは淫らに咲いてきている。こうしているだけでも蜜をこぼしているよ」

フィデルのもう片腕が、クレリアの秘裂に忍び寄り、蜜で濡れたそこに触れた。たっぷり

と蜜を含んだ淫花の間に指をさし挟んで、ゆっくりと動きだす。

「あぁ……っ！　んん……っ」

新しい刺激にクレリアの身体が揺れて、丸い二つの双丘がぷるりと弾んだ。腰が自然にひくひくと動いて、彼が起こす新しい刺激を求めてしまう。

フィデルの舌の遊技で紅くてらてらと膨らんだ花芯を手慰みに擦り、つつと長い指が隘路に忍び込んできた。

「――っ!?」

びくん、とクレリアの身体が波打った。息を詰めてその異物を感じる。浅い箇所を弧を描きながら指の腹で巡る。まるで解《ほぐ》しているように。

だんだんそれがよくなってきて、またどうしてかもどかしくなってくる。

「……ぁ……ぁあ……ああ……っ」

そんなクレリアの心情を見抜いたようにフィデルの指が奥へと進む。そうして届く限りまで進むと、ゆっくりと引き返した。

彼は指一本の抜き挿しを続け、彼女が慣れてきた頃合いを見計らって、二本揃えて抜き挿しを始めた。その度に指に淫花となった襞がまとわりついて、くちゅくちゅと隠微な音を立てる。

「クレリアの中もなんて可愛らしい。素直に悦びを感じて『もっと』と私の指を離さまいとしている」

「そ、そんな……こと、知ら、ない……っ、ぁあ」

何度も繰り返されて、違和感が消えてしまうとぞくぞくする快感が、さざ波のようにやってきてクレリアの肌が粟立ってくる。

「ああ、ぁあ……っあ、あぁ……っ」

気持ちいいのに胸が苦しくなり喘《あえ》ぐ。

なのに、下肢でうごめく彼の手は止まらない。それどころか複雑に動き始めた。指の腹で隘路の壁を擦られ、叩かれ、ぐねぐねと指を開かれる。

「やぁ、や、ぁあ、やあぁ……ん！　それは駄目、そんなことしないで……っ、駄目、……ひゃぁっ、ああっ！」

「痛むかい？」

「い、痛く、ありま……っ、せ、ん……けれど……そんなふうに、しては……っ！」

「そんなふうに、ってどんなふうに？」

くっ、とフィデルが喉を鳴らす。

「か。からかっちゃ……いやぁ……っ、ん」

快楽が、さざ波が小波になってきて、子宮が収縮を繰り返す。

快感が強すぎる——気が狂いそう。

「おかしくなっ……っちゃう……ん！　も、もう……お離しくだ……っさ……！」

「大丈夫。一瞬だけだ。けど、その一瞬が気持ちがいいと人は言うよ？　そのまま受け入れるといい……。いつもの素直なクレリアのように」

ぐちゅぐちゅ、と下肢からの淫音が激しくなると同時、彼の指の動きが激しくより複雑になった。そこから激しい快感が襲ってきて、クレリアの身体がこわばった。

「――ぁあああ……!!」

全身、雷に打たれたような衝撃とやってきた浮遊感。その落差に浸る。

それは徐々に消え失せ、背中が反る勢いだった硬直が解かれ、クレリアの身体は寝台に沈んだ。

息が荒い。身体中の汗腺からどっと滴が出る。

今までにない経験にクレリアはただ、ぼんやりと天蓋を見つめるしかできなかった。

「気分はどうだい？」

フィデルから額に口づけをもらう。クレリアは瞼を閉じてこの経験の感想を述べようと頭を巡らすが、まだ余韻が残りすぎて言葉が浮かばない。

「……何が起こったのか……ごめんなさい……まだ頭の中がふわふわしていて……」

「悪くはなかった？」

「……はい、死にそうになりました」

そう訴えるクレリアに、ふっ、とフィデルが笑みをこぼした。

「まだ、天に召されるのは早いな。まだまだ、これからもっと試練があるのだから」

「そう……なのですか？」

フィデルは青い瞳を大きく開いてびくついたクレリアに覆い被さると、足の間に割り入ってきた。

「その試練を二人で乗り越えたら、至福の時間が待っている」

「至福……」

「……特に女性であるクレリアには初回は辛いだろうけど……耐えてくれるか？」

辛い試練――それはどういう試練なのか？

クレリアは尋ねようと目を上げると、情熱的な灰色の瞳が見下ろしていた。むき出しになった肩に濡れた黒髪の裾が垂れて、視線を下ろすと女性と違う逞しく広い胸。

今まで互いに生まれたままの姿で抱き合っていたかと改めて気づき、何も言えなくなってしまう。

（は、恥ずかしい……）

また俯いてしまったクレリアの鼻にフィデルがちょん、と軽い口づけを落とす。それから、腕をクレリアの背中に回してきた。

「頑張れるかい？」

鼻と鼻がくっつくほどに近づき、囁かれる。

フィデルのために、頑張れないことなんてない。彼の短い人生が輝くために自分も心血を注ぐのだから。

「はい……フィデル様」

クレリアは、彼とともに試練を乗り越える。

——怖いことなんてない、彼と一緒なら。

背中に回された彼の腕に力が込もる。クレリアもそっと、彼の肩に手をかけた。

「クレリア……」

「……っあ」

とろとろとした蜜が溢れていた秘裂に、熱い塊が押し当てられた。

それがなんであるのか、頭が理解したと同時、クレリアの身体が一瞬硬直した。実際は結婚経験のある修道女から聞いただけで頭だけの知識だが、それでも本能がそれが彼の一部で、試練の一端で、自分の身体に入っていくものだとわかる。

熱いものが当てられて、緊張しているのにそれを求めている自分もいるから——

(わかったわ。これが子を成すための試練なのだわ。……でも)

身体は求めている。けれど、あてがわれて隘路を穿《うが》って侵入しようとしているものの、想像もしなかった大きさにクレリアは戦《おのの》き始めていた。

知らず、彼の肩を強く摑んでいたらしい。

「大丈夫だ……クレリア」

切ないほど官能的な声が耳朶をくすぐる。

形よい唇が彼女の口を塞ぎ、舌が入ってくる。たったそれだけのことなのに口内で受ける彼の舌が、唾液が甘くて身体が蕩けそうになった。

濡れそぼった隘路の入り口をゆるゆると撫でていた彼の熱い塊が、頃合いだろうとクレリアの中へ突き入ってきた。

「――んあ、……ああっ」

身体が引き裂かれるような鋭い痛みに、クレリアは顎を反り返らせる。

「我慢しなくていい。痛かったら声を上げていいし、私の肩を引っかいてもかまわない」

痛みで叫びそうになるのを必死に耐えている彼女の髪を撫で、額に口づけを落とす。

「い……え……平気……です」

はぁはぁと荒い息を吐き、痛みを逃がしているクレリアを見て「許してくれ」とフィデルが囁くと、熱い塊がまた奥へと進んでいく。

まるで、熱された杭だ。とうとう最奥まで貫かれ、クレリアは痛みで目が眩みそうになる。

深い呼吸を繰り返し、痛みを逃がしてきたがあまり意味のないことのようだった。眦《まなじり》には滴が溢れ、白い肌は耐えすぎて薄桃色に染まっている。

それでもクレリアは、彼の腕の中で必死に痛みに耐える。

「痛かっただろう、もう少し時間をかければよかったかな……」

フィデルが贖罪《しょくざい》をするように呟き、痛みで震えている彼女のためにしばらく動かずに抱き締める。

自分の身体にすっぽりと収まってしまう彼女が愛しいというように。

そして痛みを堪えながらも、それを作った元凶の自分にこうしてしがみついてくれるクレリアが愛しくて仕方なかった。

「愛しさが溢れ出てきて……しょうがない」

そう言いながらフィデルは彼女の髪を後ろに流しながら鼻や頬や滴を溜める眦、小さな唇に口づけを落としていく。

肩を摑むクレリアの手の力が緩む。

「痛みが落ち着いてきた？」

「……少し」

「残念だが、まだ終わっていないんだ。あと少し、堪えられるかい？」

――まだ、終わっていなかった。

クレリアはショックで泣きそうになったが、フィデルも何かに堪える顔をしている。それが切なそうに見えて我が儘は言えない、と頷いて見せる。

「すまない……もう限界なんだ」

そう言ってフィデルは腰を一旦引き、また押し戻してきた。

「……ぅ……ぁ、……ぁあ……」

行き来してクレリアの蜜路の媚壁を擦る。引きずるような痛みはまだ残っているが、幸せだった。愛しい人の肉体の一部が体内に入っている。彼の熱を身体全体で感じている。こんなことが人はできるのかと、心が震えるような感動を覚えた。

黒髪が乱れ、珠の汗が流れては落ちる。彼の整った顔立ちが妖しく歪むのを見ると、誰も知らない彼を自分にだけ見せてくれるのが嬉しくて堪らなかった。

「クレ……リア……堪らない……君は中まで、私を夢中にさせて……」

「フィデル様……はぁ、ぁ……」

激しくなってきた抽送にクレリアの身体が大きく揺れる。裏腿に手を当てて上げられさらに深く突き上げられる。何度も突き上げられていくうちに新しい快感が生まれてきた。

この感覚は何？　――身体を舌や指でまさぐられるのとはまた違う。

もっと甘くてもっと強烈な忘我を誘う愉悦。

「あっ、はぁあ……、あん、ぁあ……あああん、あん……っ」

痛みはもうない。痛みでこわばっていた四肢はほぐれ、身体の芯が熱を孕《はら》みだした。

それを窺わせるように、また粘着した水音が下肢から聞こえだす。

痛みを逃がすために険しい表情をしていたクレリアは知らず、悦楽に身をゆだねる成熟した女性の顔になり、呻《うめ》いた声音は色香の漂うようで、フィデルをますます駆り立てている。恥ずかしいほど感じて濡れている。それが身体の自然な現象だとしても。

「わ、私……こんなに乱れてしま……って……元に戻れな……っ」

いつか自分は修道院に戻る。その時にこんな快楽を知ってしまって敬虔《けいけん》な修道女になれるのか、ひどく不安になった。

「……帰したくない、君を」

フィデルが苦しげに呻くように吐き出し、いっそう激しく腰を打ちつける。

「フィデル、さ――ぁあん！　あ、あ、ああっ、……や、やぁん！」

「そんな可愛い声で鳴かれると、駄目だ。もっと、クレリアが欲しくなる」

「壊れちゃ……っ！　ぅ、ぅうん……！　もう、お許しください……、っあ、あああっん」

乞えば乞うほどフィデルは激しく、しつこくクレリアの中を行き来する。

杭と化した彼の肉茎が蜜の褥《しとね》を暴き、捻《ねじ》り込み、さらに奥へ奥へと挿入し、何度も突き当たりを突く。

「あ、あ、あ……も、もう……っ！」

痛いほどの快感に、クレリアはまた眦から滴を溢れさせた。

最奥に溜まった熱が、一気に放出された感覚を覚える。

「ああああああ！　あっ、あっ、ああああああん！」

びくん、と大きく身体を弓なりに反らせ、小さな痙攣《けいれん》を繰り返す。

蜜壺《みつつぼ》となっている隘路がフィデルの熱杭をきゅう、と締めつける。

「――っ！」

フィデルは堪えきれず、彼女の胎内の誘いに応じて熱いほとばしりが放出された。

「あっ……」

――熱い。

自分の中に受け入れたものが熱い。

彼からのものを自分が受け入れることができて、クレリアは嬉しかった。

「クレリア……」

「フィデル様」

二人は名を呼び合い、まだ荒い息の中、しっかりと抱き合って心地よい疲労感に沈んでいった。

六章

微睡《まどろ》み、この至福の時間を二人で味わう。

彼の言った通りだった。試練を乗り越えたら、愛する人との幸福で甘い時間を経験できた。

これはきっと、愛する者同士でないと成しえない時間だ。クレリアはそのことを今夜知った。

——お母様は？

ふと母を思い出し、哀しみに胸がきりきりと痛んだ。

母は辛い思いをしたのに、自分は愛する人の胸に包まれていてはいけないような気がして、クレリアはまだ微睡んでいるフィデルから離れようとした。

「どうした？　息苦しいか？」

彼が少し腕の囲いを緩めてくれるが、離す気はさらさらないようだ。身体を起こそうとしたクレリアを引き戻した。

「私……こんなに幸せになったら……母に申し訳がない気がするんです……」

「それはないだろう。君の母君はいつだって幸せを望んでいたと思う。どうしてそう思うんだ？」

フィデルが「話すまでこの腕の中から逃がさない」とまた腕の囲いを強くする。まるで駄々をこねているようで、クレリアは頰を緩めた。

「フィデル様、お願いがございます。私は蔑まれても仕方ないと思います。先ほど父と会って記憶の奥に閉じ込めてすっかり忘れていた事実を思い出し、貴方にお話ししようと思います。……でも、どうか亡き母のことは哀れと思って責めないで欲しいのです」

「馬鹿なことを言うのでないよ。どんな事実があろうと、君や母君を蔑んだりするものか。話してごらん」

そう言ってクレリアの額に、誓いの口づけを落としてくる。彼女の華奢《きゃしゃ》な肩は大きな手で包まれて、目の前には大人の男の匂やかな色気を感じさせる、大きくて広い胸がある。

フィデルはそう言うが、話したらこの目の前の世界が変わってしまうかもしれない。

（……いいえ、彼を信じよう。私はそうすることしかできない。それが私にできる精いっぱいの誠意）

クレリアは一つ息を吐くと目を閉じる。そうして過去の出来事を瞼の裏に起こして、できるだけ冷静に話しだした。

「私の父は会場で会ったあの壮年の男の方。トマーゾ・ドゥランテ伯爵。それはフィデル様もご存じかと思います。そして現在は豪商として名を馳せているベーア家の入り婿として生活しております。私は父の再婚相手であるマルタ様が引き取りを拒否したので、籍を抜いて母のアバーテの姓を名乗っております。私が幼い頃にそう取り決めましたが、そのことに今でも異存はありませんし、不満もありません。元々父との関係は希薄でしたし、再婚相手は当時若い女性で、いきなり八歳の娘を持つことに抵抗を感じるのも無理からぬことでしょう。そうして私はエルマンノ修道院に……。ここまではフィデル様もご存じかと思います」

フィデルほどの大貴族であれば、事前に身辺調査を行っているはず。当然、このくらいは調査済みだろうとクレリアだってわかっている。

「けれど、それ以前の私と父と、亡き母がまだ家族だった頃のことまですべてはご存じないかと思います。フィデル様のお父様が私の父と賭博仲間だとしても……」

――クレリアが物心ついた頃には屋敷にはもう使用人などおらず、調度品などを細々と売っては生活費を賄っている日々だった。

それでもまとまった金銭が入るとトマーゾは、その金さえも賭博に使い込んでしまった。そのうち売るものもなくなって、母は昼は刺繍や編み物をしてそれを売り、クレリアが寝てから屋敷を出て、明け方まで酒場の給仕をして日銭を稼ぐ生活をしていた。

母がどんなに訴えても父の耳に届くことはなく、そうした金さえも取り上げ、賭博場へ向かう日々だった。

賭博に使う金がなくなると『金はないのか！』『お前も男爵だろう！　親から受け継いだ金はどうした！』と母を虐げる。クレリアにも害が及ぼうとすると母は『これがすべてです』と隠していた金を渡していた。

それでも母は父と別れるという選択肢を選ばなかった。いいや、別れるという行動を思いつく心の余裕が、すでになかったのだろう。

それに母は、貴族令嬢として教育された。屋敷の中が彼女の世界で、それがすべてだった。そこから逃げるという手段を思いつかなかったのかもしれない。

変化が起きたのは、クレリアが八歳になるかならないかの時期だった。きしむ音を立てながら玄関の扉を開ける人物は父か母しかいない日々に、一人の男性がやってきた。

母は「いい？　クレリア。お母様が開けるまで、お部屋の中でじっとしているのよ。窓に近づいてもいけません」そう言って子供部屋の扉を締め、鍵をかけた。

何も知らないクレリアは忠実に母の言いつけを守り、部屋の中で何度も読んだ絵本を読み、古くなった人形を話し相手に遊ぶ。お腹が空いたら水を飲み、ビスケットを食べた。

小さなクレリアは母が自分を部屋に閉じ込める理由はわからなかったが、この日はビスケットが食べ放題になるので、どんなにつまらなくても我慢した。

そうした日々は二、三日置きにあり、玄関を開けて入ってくる男たちは毎回違った。中年であったり、青年であったり。

そんな中、悲劇は突然に起きた――朝、目覚めたら母がいなくなっていた。必死に探し、昼にようやく帰ってきた父にも話す。最初信用していなかった父も、一晩経っても行方の知れない母に不安を覚えたのだろう。人手を借りて捜索を始めた。ようやく見つかった母は――川に飛び込んだあとですでに冷たく、この世の人ではなくなっていた。

突然の母の死にクレリアは、哀しみにただ泣くだけだった。

父も泣いていた。父も母を愛していたのだとクレリアは感じたが、泣いていた理由はもしかしたら自分とは違うのでは？　と当時を振り返って思う。

そう思うのも仕方ない。父は数日も経たないうちにまた賭博場に通いだしたのだから。当時は知らなかったが、母は男爵としての爵位だけでなく、僅かだが財産も受け継いでいた。クレリアに残すために父には秘密にしていたが、逼迫《ひっぱく》すると少しずつ切り崩していたらしい。母が亡くなったことで、その僅かな財産が表に出てしまい、父はその財産さえも賭博に使いだしたのだ。

あっという間に使い果たし、また生活に困窮しだしても父は賭博を止めようとしない。賭博場に行く金をどう捻出しようかと、いつも血走った目をして髪を振り乱し金目のものを探していて、お腹を空かせているクレリアのことなんて見えていない。

そんな日々は長く続くかと思われたが、ある日父が上機嫌で帰ってきた。それも、たくさんの菓子にドレスを手にして。

父はクレリアを風呂に入れ身綺麗にし、買ってきたドレスを着せ言った。

『これからクレリアに会いに来る人がいる。その人の言うことをよく聞いて、いい子にするんだ。絶対に逆らってはいけないよ。そうしたらご褒美がもらえるからね。お菓子も綺麗なドレスも、新しい本だって人形だって好きなだけ買ってもらえるよ』

父がクレリアに微笑む。

ずっと機嫌が悪かった父が、自分に関心がなかった父が、猫撫で声で話しかけてくる。

父にかまってもらえるのは嬉しかったが、今思えば『嫌な予感』がクレリアの胸の中を支配していた。母が自分を部屋に閉じ込める時は、いつも身綺麗な格好をして至極優しい、けれど脅迫めいた声音があった。

今の父と似ている、と。

『どうしてもその人に会わなくては駄目？』

思い切って尋ねる。

『クレリア。もうお母様はいないんだ。だから、お前しかいないんだよ。私を助けてくれる人は』

父は困ってる。いったい何に？　と問えばきっと『金』だろう。でも、言う通りにすれば父は助かると言う。

『はい』と返事するより他、小さなクレリアにはできなかった。

待つように言われた部屋は、母が使用していた部屋だった。

母の寝台に座って暇を持て余していたら眠たくなってしまい、眠りこけていたらしい。

自分の身体をまさぐる手に気がつき、クレリアは眼を擦りながら身体を起こそうとしたが
——上にのしかかってくる重さに、また寝ころんでしまう。

「……その手は、成人した男性の手で……ドレスの上から私の身体を触って……いて……気持ち悪さと恐怖で……」

「クレリア、もういい。わかったから」

震えと共に、吐き気が襲ってきた。怖くて閉じ込めていた記憶。今なら冷静に話せる、こうして愛する人ができて思いを通じ合わせて。

「お母様はお気の毒に……きっと最後までクレリアのことを案じていたと思う」

そうだと思いたい。死に神と共に去っていくその瞬間まで自分を思っていてくれたと。

「大丈夫です……。私、そのあとのことを忘れてしまっていたんです。……でも、先ほど父と再会して倒れた際に思い出しました。……あのあと、怖くて泣き叫んで暴れて、男の人が腹立ち紛れに手を上げて幾度か叩かれました。その手を……そう、その手を掴んで追い払ってくれた方がいて……。そのお方がフィデル様のお父様であるロバート様だったのを思い出したんです」

「そうなのか……。父はクレリアを救ったんだね」

「はい。私、頭からすっかりそのことが抜けてしまっていて……。本当はその後、すぐに父から離され修道院に入ったんです。父の再婚や籍を抜いた話は、修道院に入ってからのことだったんです」

「父も一時期、誘われて賭博場に通っていたと聞く。付き合い程度にしていたようだが。賭博にはまって、すべてを失ってしまう者も見てきたと話していたな。……君の父を見て言ったことなのかもしれない」

「……賭博場には、父のような人が大勢いるのですか？」

「大勢とはいえないが、夢中になって我を忘れてしまう者もいる。だが、一度経験したら節度がつくものだ。そうした者は理性で抑えきれなくなっているのだろうね」

「父はどうして今さら、私に会おうとしたのでしょう……？　マルタ様やマルタ様のご実家に、ご迷惑でもおかけしているのでしょうか？　いえ……私がアドルナート家に嫁いだから援助を……？」

不安でクレリアの握られた拳に力が入る。

幸せな時間が増えれば増えるほど、こうも不安も増え、大きくなっていくのか。

「こうなるのでしたら、やはり私は修道院にいるべきだった……」

「大丈夫だ。クレリア、私がいる。一人で抱え込まなくていい」

きゅう、と彼の胸に埋まるほど強く抱き締められる。息苦しいけれど全然嫌じゃない。彼の温《ぬく》もりと匂いが不安を消してくれる。

「不思議です。フィデル様に『大丈夫』と言われて抱き締められると、すべて上手くいくように思えてきます。──ロバート様に抱き上げられた時もそうでした」

しばし静寂が続き、フィデルがおそるおそる尋ねてきた。

「もしかしたら……私の父がクレリアの初恋の相手か？」

「……そうかも……しれません？」

「それは腹立たしい。非常に腹立たしい。自分の父が恋敵だとは」

ムッとして不機嫌を隠さないで喋《しゃべ》るフィデルを初めて見て、クレリアは面食らったが、その様子が可愛らしく思えて噴き出してしまう。

「そんなおかしいことか？　私にとってクレリアは初めて惚れた女性なんだ……っぁ」

つい口を滑らせた──と言わんばかりにフィデルはクレリアから離れ、顔を手で覆う。顔は隠せても、真っ赤になった耳までは隠せずに彼女に照れているのは丸わかりだ。

（ああ……私、この方が大好きだわ）

クレリアは自らフィデルに近づき、そうして腕を絡めた。

柔らかで形よい彼女の胸が押し当てられ、乳首が掠りその存在を知らしめる。

「私も『愛している』と思った男性はフィデル様が初めてです」

「んー」と、フィデルが顔を覆った手を外す。

「こうして君との縁を結んでくれたのは父だしな。仕方ない。『クレリアの初恋』は父に譲るとしよう」

「まあ、それはありがとうございます」

とぼけた表情で言うフィデルに、おかしくて笑いながら礼をする。

「そうだ。こうして私の腕の中で笑っている君がいい」

腕の中に囲われて、強く抱き締められる。

「笑っていられるのは、フィデル様のお陰です。過去に背負った重荷や苦しみから逃れたくて、一心に神に祈りを捧げてきました。でも、今は――貴方がいる」

「そうだ。私がいる。クレリアが抱え込んでいる重荷や苦しみを分かち合って助け合っていこう。私たちは夫婦なのだから」

「はい」

灰色の瞳がじっとクレリアを見つめる。いつの間にかその瞳に艶やかな光を宿していることに気づいた時にはもう、クレリアの心は鷲摑《わしづか》みにされていた。

再び、欲情の虜《とりこ》になったように二人、重なり合う。

覚醒した野獣のような熱い口づけを繰り返していくうちに、クレリアの身体の奥の種火が燻《くすぶ》りだした。

すでに硬くそそり立つ彼の熱杭が、柔らかな彼女の下腹に触れ圧迫していた。その熱さに惹かれるようにクレリアの下肢から、トロリと蜜が溢れてくる。

口づけはなおも激しさを増し、舌がこじ入れられると彼女もそれを迎え入れ、舌と舌を絡め合わせる。粘膜をしごき合わせていると押し潰されている乳房が張ってくる。頂きも硬さを増してきたように感じる。

濃厚な口づけからフィデルの唇は、クレリアの乳房へ下りてきた。硬く膨らんだ頂きを小さな果実でもくわえるように挟み、舌で味わうようにねぶる。

「ぁあ……っ、あ、ああ……」

たったこれだけのことなのに、身体はすっかり敏感になっていて、軽く触れるだけなのに、ピリピリと痺れのような衝撃がクレリアの身体を駆け巡った。もう片方の頂きを指先で捏《こ》ねくり回されると、快感は何倍も強くなり、クレリアの身体はぴくぴくと歓喜に跳ねた。

「はっ……っぁ、っあ……ぁあん、や、ぃやあ……っん」

フィデルは左右の乳房を口と手でまんべんなく愛撫をして、彼女の白い肌を染め上げていく。

「——ひっ、ぃやぁ……っん」

フィデルの舌は乳房だけでは飽きたらず、脇の下まで舐めた。それだけでなく、耳朶や臍《へそ》なども。まるで彼女の身体が砂糖菓子でできているかのようにそれは美味しそうに、また余すことなく食《は》んでは舐め、吸いついたりする。

白い肌に、大小さまざまな薔薇の花弁のような刻印を散らしていく。

「は、……も、もう……だ、駄目……っ、フィ、デル……さ、ま……っぁ」

「クレリアの身体はどこも美味で、しかも甘い声で誘うのだから……悪い奥方だ」

「そ、そんな……だ、だって……フィデル様……が」

あちこちをひっきりなしに弄るから。快感を逃がし身体を揺らすも、それだけでは逃がしきれない。もう内股は蜜が溢れ流れてびしょびしょだ。

「も、もう、お許しくださ……い。はぁ……ぁん……」

「まだだ。ここが『欲しい』と訴えて、甘い芳香を放っているからね」

内股を拡げられ、彼の舌が味わうように溢れる蜜をすする。

指先で花弁が拡げられ、花芯を吸われるとクレリアは小さな絶頂を迎えた。

「んぁ……！　ぁぁあっ！」

快感に身体をひくつかせているのに、彼の舌技は止まらない。大きく股を開かせて雄芯に慣れたばかりの蜜路にまで侵入してくる。柔らかで肉厚なそれは、円を描くように媚肉を擦り、鼻先が膨らみ、紅さを増した花芯を潰す。

「あぁん……！　も、もう……っ！　また、またおかしく……っ！」

小さな絶頂ばかりを受け取っていたクレリアだったが、今までにない大きな波がやってくることに身体が三日月のようにしなった。

どくん、と大きく鼓動が跳ね、硬直する。

「あ、あ、あ、あああああああああっ！」

がくがくと身体が痙攣し、同時に視界が真っ白になった。

けれど怖い、という感覚はない。訪れた浮遊感がたまらなく心地よく、快感の波に乗る。

ゆっくりと落ち着いてきて、弛緩した背中は皺だらけの敷布に落ちた。

「よかったかい？」

「……は、い」

まだ頭がぼんやりする中、フィデルの口づけが軽く唇に落ちてくる。

「では、今度はクレリアの中を味わわせておくれ」

そういって彼は彼女の腰を少し上げ、鬱血してふっくらとした秘所に、腫れて硬くなった自身の突起をあてがった。

「ふっ……わぁ……っん」

つぷり、と水音を立てながら突き入れられて、クレリアはのけぞった。反動で逃げる彼女の腰をがっちりと摑み、フィデルは己の淫刀を深々と挿し入れる。

「まだ、抵抗があるな……」

フィデルが呻きながらも、狭い肉洞に逞しくそそり立つ熱杭を押し込んでいく。

重量感といい熱さといい、まだ慣れないクレリアの目はかすみ、全身から汗が吹き出る。

「……あ、あっ、ああ……」

大きく呼吸を繰り返し、彼のものを受け入れる。

「まだ痛むか？」

クレリアは首を横に振る。痛くはない。ただ中にいるという存在感と窮屈な感じが慣れないだけだ。ゆっくりと挿し込まれていく彼のものの感覚。彼のだからこうして受け入れることができるのだから。

最奥まで挿入されたのか、彼の先端が奥に当たった感覚に身体がひくつき、じわりとした快感が襲ってきた。

「はぁ……きつぃ」

フィデルが根元まで収まっていた自身のものを引き抜く。かり首で媚壁をえぐられているような動きに、クレリアの背中が粟立つ。

身体の中を埋めていた圧迫感がなくなり、ほっと息を吐いたがそれもつかの間だった。またゆっくりと挿し入れられて自分の中の空洞を埋め尽くしていく。

「あっ……ぁあ……ん」

幾度か繰り返していくと不思議なもので、彼の形と大きさに身体が馴染んでくる。それに伴って甘い快感が、徐々に大きくなっていく。

フィデルもそんなクレリアの様子がわかるのか、単調な律動だけではなくくるん、と隘路を拡げるように腰を使って己の杭を回す。

「はぁ……っん、ああ、あ」

もう痛みはなく、クレリアの身体を穿っている楔《くさび》の存在が心地よい。そう感じれば感じるほど彼のものを包む胎内は、熱く疼いていく。

フィデルは浮かせていた彼女の腰をもっと高く上げ、足を自分の肩に乗せて前屈みになった。

「――あっ」

もっと深く中へ入った気がする。奥に当たる衝撃と密着の具合が今までより数段違う。

「あ、あ、っあ、ぁあ……っああっ」

甘ったるい声に誘われるように、フィデルは腰を突き当てる。

根元と秘所が激しく当たるたびにぱんぱんという音と、粘着した音が一緒になり、艶然としたはもりに二人はますます劣情に身を任せる。

快感が大きくなればなるほどクレリアの胎内は熱く燃えさかり、彼のものをきゅうきゅうと締めつけ、フィデルのものはますます膨れ上がっていく。

「すごい、クレリアの中は。私の喜ばせ方をもう覚えたのだね」

「そ、それは……」

恥ずかしくて肯定できず、言葉足らずにはぐらかしてしまう。

その間にもフィデルの胎内への愛撫《あいぶ》は止まらない。また、自由になっている手の片方は揺れる魅惑的な乳房へ。もう片方は花芯への遊戯を始めた。

「あぁああん！　……そ、そんなこと……っ、したら……はぁ……くぅ、ん……」

クレリアの身体がひくつく。絶頂が近いとフィデルも気づいた。

「クレリア……」

足を肩に乗せたまま、彼女の身体を折り曲げるようにしてぴたりと重なり合った。

「君の身体が柔らかくてよかった」

「フィデル……さま……ぁ……っ！」

ずんずん、と最奥を突く衝撃は激しいのに、気持ちがいい。

弾みで身体が離れないよう、フィデルがしかとクレリアを抱き腰を当て、回し、子宮口をぐいぐいと激しく擦り上げる。

クレリアも彼の肩をしっかりと摑み、繋がって次から次へと生まれる悦楽を味わった。

「はぁ――」

二人、激しく息を吐きながら全身を震わせる。

同時に、とくんとクレリアの中で彼の杭が震え、熱い滾《たぎ》りが胎内を埋めていくのを感じた。

初めての経験で連続は疲れたのか、クレリアはぐっすりと眠りこけていた。

フィデルが頬を突いてみるが、まったく動く気配もなく安らかな吐息を立てている。よい夢でも見ているのだろう、どこか微笑んでいるようにも見えた。

やはり、クレリアは笑顔でいるのが一番似合う。

（いや……修道女服の敬虔な姿も清らかでいい……）

修道女の姿の彼女も、ドレス姿の彼女もどちらも美しくて選べない。

（いや……何も身につけてない今のクレリアが一番美しいか……）

はっと我に返り、いやいやと首を振る。俗物的な考えをするとはと、フィデルはそそくさとガウンを羽織ると、そっとクレリアの頬に唇を落とす。

「よい夢を」

寝室から出るとエドワードとマリィが控えていた。

二人がこちらを見つめながら喜びに目を潤ませ、うんうんと頷きながら目頭を押さえている。

「フィデル様、本当にようございました……」

「ええ……私たちの苦労もようやっと実がなって……」

「このまま人には言えない趣味に、人生だけでなく童貞までもお捧げになるのかとこのエドワード、幾度眠れない夜を過ごしてきたか……」

エドワードとマリィの兄妹のやりとりの内容にフィデルは、羞恥を隠して溜息で誤魔化す。

立ち入ったことをと叱りたいがまあ、今まで散々心配をかけてきたのだから仕方ない、とも思う。この主従を越えた軽口を交えた言及がなければ、自分の恋愛感情に気づかなかったのだから。

――それは四年ほど前、亡き父に頼まれたことから始まった。

『亡き知り合いに頼まれている子が、エルマンノ修道院にいる。私の代わりにその子を守ってやって欲しい』

父が念入りに頼むなんて珍しい、いったいどんな子なんだろう？　と詳しく事情も聞かずに慰労訪問のついでに彼女を目で追った。

自分より五歳下の少女はどこか儚げで、清楚で、まさしく神に仕えるに相応しい雰囲気を備えていた。

孤児院でなく修道院に預けられているということは、どこかの貴族の令嬢だろう。質素ではあるが清潔感のある手直しした修道女服を着込み、まるで一人前の修道女のように振る舞っていた。

その姿は心が洗われるようで、またどうしてか胸が弾んだ。

――ここで勘違いしてしまったのだ。

父監修のエルマンノ修道院の服はデザインが優れ、修道女服としては逸品だった。

さすが修道女服偏執狂。自分の理想を顕現した形の服の修道女たちは、息子のフィデルにも神々しく目に映る。

クレリアは特に輝いて見えて、それを神に祝福されているからだと思い込んでしまったのだ。受け継いだ血の繋がりとは恐るべし。

訪問するたびに見守っていたが、ただ彼女の処女性と清らかさに惹かれ、「クレリア尊い」と崇めているだけだと思っていたのに。

クレリアにはまっていくと同時、修道女服にもはまっていき、各国の修道院の修道女服を取り寄せては「クレリアが着たらきっと、どれも素晴らしく神々しいだろう」と妄想する日々。

(彼女のことは無事に修道女になるのを、そっと見守って応援する)

それだけでフィデルは幸せだった——こんな思考だから屋敷の皆々は、溜息を吐く毎日だった。

せめて結婚し、跡継ぎを作ってから趣味に没頭して欲しいと口を酸っぱくして進言できるのはアドルナート家では、ごく一部の者しかいない。

先代から仕えている執事頭のエドワードに侍女頭で彼の妹マリィ。そして秘書のモルガンである。

三人は「主人の趣味を理解してまた、秘密にできて、しかも主人が気に入る花嫁を見つける」ことを目標に結託した。

身分や教養などは二の次だ。教養などはあとから身につけることができるし、身分がなければつければいいのだ。アドルナート家は王家との繋がりが深い。口添えを頼めば、アドルナート家と縁を深めたい貴族たちが、先を争って養女にと手を上げるだろう。

そうして夜会や舞踏会、はたまたフィデルの仕事先で見かける貴族令嬢たちや女性たちを注意深く観察し、候補を探していたある日——ふとモルガンが気づいたのだ。

フィデルのクレリアを見る眼差しが、普通に見守るのと違うのではないか？　と。

先代から仕えている壮年の彼は、父と子のクレリアや修道女に対する眼差しの違いがあることに気づいたのだ。

慰労に訪れて、終わってから馬車内でまるで舞台俳優や歌手にでも会ったように頰を染め瞳を輝かせて「クレリアの尊さ」を熱く語っているフィデルの、そのはしゃぎように誤魔化されていた。

それは、クレリアに結婚の打診が来ているという報告をフィデルにした表情が決定打だった。

そうしてモルガンは、上手く主人を「クレリアと結婚する」と言わせた。

——上手く乗せられたと思っていたが、怒りはなかった、とフィデル。

よくよく考えれば、別に自分が立候補しなくてもいい。一時的に預かるなり、養女にするなりと色々策はあったのに、あの時はクレリアと結婚しなければ、という焦りが生まれていた。

　自分の手どころか、目の届かない場所へ行ってしまう。そう思ったら、いてもたってもいられなかった。

　それは「そうしたら、もう修道女となったクレリアの尊い御姿を目にする機会が……」と父から受け継いだ修道女服偏執狂のせいで、脳内ででき上がっていた図式に見事組み替えてしまう。

　クレリア自身にも抱えている問題があることを知っているだけに、フィデルは建前では、至極紳士的にレディファーストに接していた。だが内面では「彼女（御神体）を守らなくては」という使命感に燃えていたのだ。

　時々、自分を見て涙ぐむ彼女に首を傾げていたが、尋ねようとすると『いいえ、なんでも……目にゴミでも入ったのかもしれません』なんて返ってくる。よく目にゴミが入るな、大き目だから入りやすいのかもしれない、今度医師が検診にきたら、よい目薬でも処方してもらおうなんて考えていた矢先に事件が起きた。

　親戚筋のフレーニ伯爵の息子アベラルドと娘ジルベルタが、クレリアに言いがかりをつけてきたのだ。

（特にアベラルド……。私が留守なことをいいことにクレリアを誘惑し、関係を持とうとす

るなどと)

二人に襲われてクレリアが倒れたと聞いたとき、背筋が凍った。

同時に、沸き上がるアベラルドとジルベルタに対する怒りは、今までに経験したことがないほどだったが、とにかくクレリアを案じ、屋敷へ急ぎ戻る。

クレリアは過去の事件で異性が苦手だ。ようやく自分や屋敷にいる男性には普通に接するようになれたのに、また元に戻ったら――いや、ひどくなって自分さえ拒絶されたらと想像したら、胸がきりきりと痛んだ。

クレリアに会って「汚されたのではないか」と怯える彼女が哀れでまた愛しかった。

彼女は敬う対象ではなくて、同じ普通の『人』で、彼女も誰かの手を求めているのだと。

そう考えたら何かが頭の中で弾け、気がついたらクレリアの寝衣を脱がして愛撫をしていた。

(なんて汚らわしいことをしたのだ！　修道女になろうと立派な志を持つ女性にあんなことを……！)

しかもクレリアは「かまわない」と言った。

(いやいやいや。駄目だ。修道女は非処女はなれないという制約はないが、だからといって男の欲望を解消するためだけに抱こうなんて)

落ち込み反省したが、クレリアとの関係がどこか変わってしまった。いや、自分が変わってしまったのだろう。

彼女をまともに見られない。でも見ていたい。話しかけたいが何を話していいのかわからない。今まで、普通に会話をしていたのに、一体どんな話題で盛り上がっていたのか。

――修道女服だ。

談話の題材を思い出して、自分自身に頭痛がした。

そんな折、国王陛下の誕生祭が近づき、クレリアとの仲を修復する機会ができたとフィデルは心中ほっとしていたのに、また自分が壊してしまった。

修道女服以外の彼女の姿が、あまりにも綺麗で、すべらかな肩があまりにも妖艶で――誰にも、特に男には見せてはいけないと厳しい口調でまくし立ててしまった。

何より、クレリアを泣かせてしまったことが衝撃すぎて、どうしてあんな言葉を口に出したのか、自分の感情が理解できなかった。

素直に褒めればいいのに。それより先にドレスを脱がしたかった。美しく装う彼女を、誰の目にも触れさせたくなかった。

国王陛下に謁見するのだ。その場に相応しい姿で行くのはマナーであり常識ではないか。自分でもそうするべきだと思うのに。彼女にもそう伝えたのに。

彼女が注目を浴びて自分以外の男から賞賛を受けて、他の令嬢のように頬を染めている姿を想像して、やけに腹が立った。

「この感情はなんなんだ……？」

「嫉妬に決まっているでしょう！」

マリィの雷が落ちる。母とも姉とも頼りにしている彼女に叱られつつ、彼女の見解に驚きを隠せない。

「嫉妬……？　私が？　クレリアに？」

「こうも恋愛事に疎いとは……」

呆れ顔をされながらもマリィは口を開く。

「今まで本当にクレリア様を『修道女服が一番似合う、理想的な修道女になる女性だから尊い』というお気持ちで見ていると思っていたのですか？　ご自分の胸に手を当てて、よーくお考えになってください！」

「彼女が尊くて修道女服が似合う、だから嫉妬したというのか？　私は男だぞ？　修道女服を見ていたいという感情はあるが、着たいという感情は持ち合わせていない」

「……何、間抜けなこと言ってるのです」

マリィがほとほと呆れている。

「それ以外、一体何があると言うんだ？　嫉妬というのは私がクレリアを愛していて、それで修道女服以外の服を着て、他の男たちの目に晒されるのが嫌だからと言う……私がクレリアを見る男たちに嫉妬をしている？」

愕然《がくぜん》とした。

「愛……してる？　私が？　クレリアを？」

「ようやく気づきましたか。フィデル様は『修道女服が似合うクレリア様』ではなく『クレリア様そのもの』を愛していらっしゃるんですよ？」

「本当か……？」

「本来ならご自分で気がつくはずなのですが……クレリア様を泣かせてまでもおわかりになっていないようでしたので、我慢ならず進言いたしました」

「──そうだ！　クレリアを泣かせてしまった！　どうしたらいいのだろう」

「男らしく謝罪なさいませ。誠心誠意、心を込めて！　そうして自分のお気持ちをきちんとお伝えするのです！」

「そう言われてもだな……」

突然に自分が気づかなかった恋心を指摘されて、フィデルは非常に混乱し、狼狽えていた。

──私が恋？　いや愛？

──クレリアに？　崇める存在に？

──いや、しかし……そんなはずは！　いや、だからクレリアを抱こうとした？

そこに揃っていた女衆に追い立てられ、フィデルは自分の気持ちの整理がつかないままクレリアに謝罪をしに向かった。

泣きはらした目で見つめられて、また心が痛む。同時、抱き締めて至る所に口づけをしたくなった。

(これが……この気持ちが……そうなのか)

この想いは恋で。クレリアを一人の女性として愛していたのか。

目の前に他の道が示された気がした。

自分の心の寄り所になる嗜好に気づくと、各国の修道女服を集め、その歴史を詳しく調べたりと行動に移すのが早かったフィデルは、クレリアに対する気持ちがはっきりすると行動も早かった。

——クレリアを愛してる。一人の男性として、そして夫として彼女に接する。

彼女は将来『修道女になりたい』という意思を持ち合わせていて、夫婦の今後の課題になってしまったが、今は妻だ。

そうして今夜、ようやく結ばれた。

しかし——

「エドワード、マリィ。喜んでばかりはいられない」

フィデルは咳払いをすると、二人に冷静に話しかける。

フィデルが何を言いたいのか想定済みだ。「はい」と二人は生真面目な面持ちに戻り、背筋をただす。

「幾度かドゥランテ伯爵様がクレリア様の様子伺いにいらっしゃいましたが、お言いつけ通り『誓約書』を盾に追い払いました」

フィデルはエドワードの言葉に首肯する。

「至急モルガンに、彼の婿養子先のベーア商会の状況を調べ報告するようにと。あと、アベラルドとジルベルタが、どうして彼と一緒にいたのかも調べてくれと。何よりも先、一番最優の事柄だと伝えてくれ」

「はい。しかしドゥランテ伯爵はクレリア様に会うまで諦めないかと」

「だろうね。あの様子だと彼自身、逼迫しているようだし。……ベーア家は、彼を見限ったのかもしれない」

「おそらくは……その辺りも詳しく調べるようにと伝えましょう」

「よろしく頼む」

エドワードが頭を垂らすと部屋から出ていく。そのタイミングでマリィがフィデルに口を開いた。

「クレリア様はご帰宅させた方がよろしいかと。誕生祭のこの宴の間中、つきまとわれたらご病気になりそうです」

「そうは思うが、私は、あと二日は王宮で過ごさなくてはならない。私から離れたら、彼らがクレリアに接触する絶好の機会を与えそうでならない。……もしや『あの件』に気づいたのかもしれないが」

「その可能性もないとは言い切れないでしょう」

フィデルの意見はもっともだ。マリィも頭を悩ませる。

「――私が一度父と会って、話をつけます」

いつの間にかクレリアが寝室から出て話を聞いていた。


「クレリア」

「すみません。喉が渇いて起きたら声が聞こえたので……父が、私に会おうとここまで来たと。フィデル様の言う通りです、父は私に会って話すまで諦めないと思います。なら、会って話を聞いて、内容によってはきっぱりとお断りした方が早いでしょう」

フィデルは、クレリアを自分が座っている長椅子の隣に誘導した。

そうして、行儀よく手を膝の上に揃えた彼女の手に自分の手を添えてきた。

「あの、『誓約書』とは一体……？　それと『あの件』とは？」

「そうだな。伯爵が公の場でああしてやってきたんだ。彼も約束を破る覚悟でやったのだろうし。クレリアに関することだから、最初から話しておくべきだった」

すまない、と謝罪するフィデルを見てクレリアはゆるりと首を横に振った。

これは父が話していたことだが――とフィデルが語りだした。

父ロバートは少々、お節介焼きなところがあった。当時通っていた賭博場でドゥランテ伯爵と会って何度か賭事に興じたが、彼の熱狂度は周囲が腰を引くほどであったそうだ。

主催者にとっては彼は、いつだっていい獲物だ。だからいつも持ち金をすべて使い果たしていた。

多少の縁もあるからと父は何度か賭博場通いは止めるよう進言したそうだが、止めるどころか金を貸して欲しいと言いだす始末で、その姿に呆れて父は賭博場に行くのを止めたらしい。

ある貴族主催の朗読会に参加した時——そういう会は大抵女性同士が楽しむもので、エスコート役の男たちはゲームや酒に興じていることがほとんどだ。

その時、集まった同士たちからドゥランテ伯爵のことが話題に出た。

『金がなくなったら、自分の奥方を賭けの対象にしているそうだ』と。

そこまで聞いてクレリアは、動揺を隠すように瞼を閉じた。

「……そうではないかと思っていました。だから母は私に部屋から出るな、と言ったのね。そうして、それを苦に母は自ら命を絶ったのだわ」

泣いているのかと錯覚するほど肩が揺れていて、フィデルは労るように彼女の肩を引き寄せた。

「大丈夫です。覚悟はしていましたから。……その後、私がされようとしていたことを考えれば、おのずとわかります。――それでロバート様は、私を助けてくださったのですね」

「ああ、そして『誓約書』を交わしたのだが――、その前にまだあるんだ」

ロバートは、早急にドゥランテ伯爵に会って強く止めるよう言った。

けれど彼はのらりくらりとかわして、あげく『君が金を貸してくれればよかったんだ』と責任転換してきたらしい。

もう彼は手遅れだ。ロバートは秘密裏にドゥランテ伯爵の奥方と接触し、逃げるよう助言したが、奥方は首を縦に振らなかった。

けれど――娘のことは案じていた。もし自分の身に何か起きたら、安全な場所に預けて欲しいと頼んできた。

「……お母様……!」

堪まらずとうとうクレリアは泣きだした。

「どうしてそこで一緒に逃げようと思ってくださらなかったの!? そうしたら今頃は貧しくても二人で暮らせたのに……!」

「身も心もすでに彼に依存していた奥方は、逃げることを諦めていたそうだ。彼の言いなりの人形のようだったと。どうしてか彼は、女性にとってはひどく魅力的に映るらしいから」

「そんなの……そんなの……! 母は私より父を選んだと同じことではありませんか!?」

「でも、君だけは逃がそうとした。君に自分が他の男たちに身体をゆだねる姿を見せまいとした。そして——これから生きる君のために、財産をすべて使われないよう模索していてくれたのだ」

「……えっ？」

ひゃっくりを上げつつもクレリアは顔を上げ、フィデルを見つめる。

——財産？　そんなものがあったのか？　と。

「とうに父に使われたのかと思っていました」

「アバーテ家は地方貴族で荘園を幾つも持っていたが、母君の両親が亡くなった時親族に分割され相続されたそうだ。それでも贅沢《ぜいたく》をしなければ生涯、暮らせるくらいの荘園は残された。それを母君はその土地を生前贈与として君の名前に書き換えて、私の父に借地として貸したんだ」

「……それを父は知らなかった」

「分割されて相続した時、すでに賭事狂いになっていたドゥランテ伯爵を見て危機を感じたのだろうと思う。一部の書類しか渡していないと話したそうだ」

母が私のために、父から財産を守ってくれていた。

「それでも……財産より母が生きていて欲しかった」

「今はその財を、くだらないことに利用されないよう力をつくそう」

消沈しているクレリアの肩をフィデルが強く抱く。

この温もりはどれほどクレリアを元気にし、勇気づけてくれることだろう。

「フィデル様、確かに幾ら嘆いても、もう母は帰ってきませんよね……。今は父の思惑をどう回避するか、考えようと思います」

「そのことだがクレリア。ドゥランテ伯爵は、娘愛しさに会いたいと言っているわけではないと思う」

「……はい。私もそう思います。私がフィデル様と結婚したことを聞きつけて援助を申し込もうとしているのでしょう」

「それでも会うか？」

フィデルの問いにクレリアは目を伏せた。

父のことを思うと、沸々と胸の内に焦げるような怒りが沸き上がってくる。それと同時、たまに見せてくれた愛情の切なさも思い出し、相反する感情に瞼が揺れた。

「父が真実に私に会いたいというだけなら……和解をしたい。けれど、いまだ生活を改善せずに堕落した生活を送っていて、私の財産を知って近づいてきたのなら……それどころか私を通してフィデル様に援助を願い出るのなら、金輪際あの方にはお会いしません」

自分でも賭けだと思う。ただ娘恋しさに会いたいと、つもる話をしたいと言うならば会うことだけはしよう。

けれど仲良くすることはできない。母を追い詰めて死に追いやった原因は父にある。そして新しい家庭のために縁を切ったのは向こうだ。

父であるドゥランテ伯爵と顔を合わせる。

それはまだ国王陛下の誕生祭の宴の最中で、三日あるうちの二日目の日の午後であった。

茶会用としてこしらえていたティーガウンを着込んだクレリアは緊張に顔を白くし、まるで石膏《せっこう》の仮面でもつけているように表情をなくしていた。

控えているのはマリィと侍女数名。そして念のためにニコルがいた。彼はフィデルの従者として鍛錬もしているので、いざという時護衛になる。

扉を叩く音にマリィが出向く。そして一旦戻ってくるとクレリアに伝えた。

「ドゥランテ伯爵と奥方様がいらっしゃいました」

マルタが？　意外な付き添いだと思ったが、彼女だけ退出してもらうわけにはいかないだろうと「お通しして」と首肯する。

用意された居間に通し、お茶が出たタイミングでクレリアが部屋に入る。

「クレリア……！　よかった、元気そうで！」

父のトマーゾが椅子から立ち上がり、クレリアに駆け寄る。クレリアは手を握ろうとしたトマーゾから、思わず手を隠した。

「……あ、すまないね。つい懐かしくて」

「お久しぶりです。どうぞおかけになって」

ようやく形式通りの挨拶を口に出し、無理矢理口角を上げた。

血の繋がりのある父親なのに、どうしても触れられるのが怖い。これ以上近寄られると吐きたくなりそうなので、クレリアは必死だった。

「……そちらの夫人は、マルタ様でよろしいでしょうか？」

先に紅茶をすすっている三十そこそこの、小太りの茶髪の女性に視線を移す。

「ええ、そうよ。よろしくね、クレリア」

ちょっと小首を傾げながらクレリアに微笑むと、美味しそうに紅茶を口にする。

「この紅茶、美味しいわ。帰りに茶葉をいただいてもよろしいわよね？　お近づきの印にでも」

ずうずうしい――マリィの顔が如実にそう吐き出している。

そもそもクレリアは、男爵の地位だがアドルナート公爵夫人である。まず敬意を示すために、立ち上がりクレリアに挨拶をするのが礼儀なはずだ。

そういう作法を知らずにここまできたのか、それとも相手が夫の前妻の娘で敵意を持っているからなのか。

「マルタ、我が儘を言うのではないよ。ここは王宮だ。この茶葉だって王室が用意してくれたものだ」

「あら？　そうなの？　でも、ほら、クレリアの旦那様の公爵様に頼めば分けてくださるんじゃないかしら？　ねぇ、クレリア？」

「そ、そうかい？　どうだろう、クレリア」

トマーゾがちらちらと、こちらの出方を窺っている。

（これは私を見下している）

支配下に置けるか試しているのだわ――すっ、と冷静になれた。

父に十年ぶりに再会して、その容姿の変貌ぶりにも、不作法な後妻を叱らないことにもがっかりした。

自分の行い一つで、フィデルに多大な迷惑をかけてしまう。愛するフィデルのためだ。彼の不評の一つになってはいけないのだ。

「王室と親しいのは私ではなく夫ですから。直接、夫に頼んでいただけませんか？」

なるべく抑揚なく冷たい声音で返す。これはフィデルに教わった。威圧感を出してなるべく相手の気を削《そ》ぐためだ。そしてもう一つ。

冷淡な彼女の様子に二人は息を詰める。

「で、でも、貴女が頼んでくれれば――」

「――『誓約書』の内容を夫から聞きました。それを破ってまで私に会いたいというのは、どういったご用件なのです？」

相手の言葉を遮り、自分のペースに持っていくこと。

話などしたくない。さっさと終わりにしたいと、雰囲気でわからせるためだ。

クレリアの台詞に二人は、対照的な反応を示す。

父であるトマーゾは驚き、おどおどとしながらも愛想笑いを向ける。

マルタも驚いた表情をしたが、すぐに腹にいちもつを抱えているような笑みを浮かべた。

同じ笑みでも嫌らしさの度合いに随分と差があると思う。クレリアにはマルタの方が自分の欲求に従順なように見えた。

「そうは言ってもな、クレリア。お前は私の娘だ。修道院から出て結婚したと聞いたら、会って親子の縁を取り戻したいと思うのは当然だろう？」

「親子の縁を取り戻して、私からお金をもらってまた賭博通いでもするつもりですか？」

「賭博は……！　今はほどほどにしているさ！　これでもほどほどにしているんだ」

クレリアの青い瞳は、そう訴えるトマーゾをずっと見据える。それは嘘か真かを見抜こうとする聖職者の眼差しに近く、トマーゾは自分の娘であるクレリアを真っ直ぐに見られなくなり、笑いながら視線を逸らした。

「ねえ、クレリア。あなた、ずっと父親に孝行らしいことしていないのでしょう？　少しくらいはしてあげたって罰は当たらないわよ。ううん、した方がいいでしょう？　ずっと修道院で暮らしていて親孝行もできないんじゃ、神様からお叱りを受けるんじゃないのかしら？」

　何も言えなくなったトマーゾの代わり、マルタが口を開く。

「では、マルタ様にお尋ねします。マルタ様の言う『親孝行』とはどういった行動を指すのでしょう？」

「嫌だわ。わかるでしょう？」

「修道院暮らしが長く、普通の親子としての絆は薄い故、想像できません」

　あら、そうとマルタは困った様子で首を傾けたが、一瞬見せたしたり顔をクレリアは見逃さない。

「仕方ないわね、教えてさし上げるわ。もう、壮年に入った父親よ？　今まで離れていた分、楽しい思い出をたくさん作ってあげるのよ」

「その『楽しい思い出』とは一体、どんな行動を言うのでしょう？」

「そうね……。まずは居心地のよい住処ね。アドルナートの主城は建物もさることながら景色も素晴らしいと聞いているわ。そこで一緒に住みましょう！　そして、旅行とか買い物とかして親子の時間を取り戻すのよ」

「それは素晴らしい計画ですね」

　クレリアが同意したのでマルタは受け入れられたと瞳を輝かせ、ますます饒舌に語った。

「今日のそのドレスも素敵だけど、昨夜の貴女のドレスはもっと素晴らしかったわ。そこの仕立て屋に私とトマーゾの分の衣装も頼んでもらいたいわ。それから、そうね。貴女の旦那様のアドルナート公爵も一緒にゲームをしましょうよ。ルーレットやクラップスや！　貴女もきっとはまるわ！」

マルタがぺらぺらと喋っている隣で、トマーゾはにやにやと薄笑いを浮かべながら、うんうん、と同意して頷いている。

その姿を見てクレリアは衝撃は受けなかった。もう、期待はしていなかった。少しでも期待していたら涙が溢れていただろう。ただ深い溜息が口から漏れた。

まだ興奮して「親孝行」を語っているマルタの話を中断させるよう、クレリアは立ち上がる。

「私が父にすべき『親孝行』の形がわかりました」

「クレリア、わかってくれたのね」

「いいえ」と首を横に振ると、マルタは一瞬にして憎悪を顔に乗せる。

「あ、あなたね！　今までの話を聞いていたの？　親切に『孝行』の仕方を教えてあげたというのに！」

「それはマルタ様と父の望む『孝行』であって、私がすべき『孝行』ではありませんもの。私がすべき『孝行』は『父の欲望に手をさしのべない』ということです」

そうして見下ろした形のまま、父に視線を投げた。

「マルタ様まで、賭博の世界へ巻き込んだのですか……？　お父様は」

「い、いや……、一緒に行きたいというから連れていったんだ。そうしたら、虜になってしまったようでな。クレリアだって、行けば面白くてすぐに夢中になるさ。そういうところだ！」

「……そうして、母を死に追いやったのは誰なのか——お忘れになったの!?」

ドレスを皺になるほど握り締める。

「マルタ様まで母の二の舞にさせる気ですか!?　貴方は一体いつになったら目が覚めるんです！」

「マ、マルタは好きでやっているんだ！　私がやれとは言っていない！」

——もう、後妻にまで同じことを？

「母は？　母には命令したのですね！　私の時と同じように！」

怒りで腕が震える。握っているドレスまでも破ってしまいそうに。

「これは『遊戯』だよ、クレリア。賭けの対象はなんだっていいんだ。それにマルタは了承している」

なあ？　とトマーゾはマルタに同意を促すと、彼女は妖艶に微笑んでみせた。

「ええ、ぞくぞくするわよ？　賭けの対象になるのって。金貨の上に座って微笑んでいると、我先にと皆が賭け始めるのよ。注目を浴びて最高だわ！」

思い出し恍惚としているマルタは、もうどっぷりとその世界にはまっているとわかるものだった。

「貴女のお母様はお気の毒だとは思うわ。でも愚かだったわ、貴族としての誇りだかなんだか知らないけれど、そんなちっぽけな矜持《きょうじ》で命を絶ったのだから」

クレリアの身体がかあ、と熱くなった。なんたる暴言なんだろう。自分の主張に悦に入っていているからとしてもひどすぎる。

「だから、ね？　クレリアも――」

「母を……蔑まないで……！　もう結構！　お引き取りください！　私の意思は『父の欲望に手をさしのべない』ということに変わりません！　マルタ様、それは今、父の配偶者である貴女に対してもです！」

わなわなと身体を震わせながら言い放つ。

こんな人が後妻だとは。いや、父と一緒にいたことで変わってしまったのかクレリアにはわからない。だが、ここにいて同じ空気を吸い続けることが気持ち悪くて仕方ない。

自分でもありえないほど声を張り上げた。

「クレリア、悪かったよ……！　マルタ、死んだ者にそんな暴言を吐くんじゃない！　クレリアの母親なんだぞ。あとで言い聞かせておくから……」

慌ててトマーゾが謝罪してくるが、それに気を悪くしたのがマルタだった。飲みかけの冷めた紅茶を、カップごとクレリアに投げつけたのだ。

「こっちがへりくだっていれば……！　いい気になるんじゃないわよ！　いいからあんたは私とトマーゾに金を渡せばいいのよ！　なんのためにアドルナート公爵家に嫁いだのさ！」

――ばん！

勢いよく居間の扉が開いた。

「王宮の一角で騒ぐとは。伯爵よ、礼儀をお忘れか？」

灰色の瞳が怜徹にトマーゾとマルタを射抜く。

（フィデル様……）

公務用の服として仕立てられた紺色のロングジャケットは、飾りも少なく派手さはないのに、綺麗な立ち姿から気品が醸し出されている。

圧倒的な存在感にトマーゾもマルタも、息を詰めて黙り込んでしまった。

肩にかかる梳いた黒髪をなびかせながらフィデルはクレリアに歩みよると、ティーガウンにかかった紅茶をハンカチーフで拭う。

「怪我はないか？」

「はい。冷めた紅茶でしたし」

「あとは私が話を聞こう。マリィ、クレリアを着替えさせてくれ」

フィデルはマリィを呼ぶが、クレリアが首を振ってそれを制す。

「まだ決着はついておりませんので。それまではどうか……」

「――そ、そうですよ！　公爵様、貴方の奥方は親不孝者ですわ！　配偶者としてもっと厳しく躾《しつけ》ていただかないと！」

「その言葉、私も貴女の夫であるドゥランテ伯にお返ししよう。怒りに任せてカップごと投げつけてくるとは……。王宮のティーカップセットだからね、のちほど伯爵宛に請求するよう伝えよう」

トマーゾの顔が青ざめた。

だがマルタは大人しくなるどころか、ますます興奮し、甲高い声を上げてくる。

「ど、どうして私たちが弁償しないといけないの!?　元はといえばそちらの奥方が、無礼なことを言ったからでしょう！」

「今までの話は隣の部屋で聞いていた。一緒に迎える予定だったが、『最初は親子水入らずで』という可愛い妻の意見を尊重したのだが心配でね、聞き耳を立てていたのだ。……私が聞くに妻の言い分は真っ当だったし、暴言を吐いたのは奥方、貴女が先だった」

フィデルがにこやかな表情を作り、二人を真っ直ぐに見据えた。灰色の瞳は弓なりに形作られ、口角も両端がそれは美しく上がっている。

――なのに、ひやりとした空気をぶつけてきて、緊張に二人は黙りこくってしまった。

彼の隣にいるクレリアも、その纏う空気を感じていた。

（怒っていらっしゃる）

フィデル・アドルナート公爵の評判として、善人であり、貧しい者や社会的弱者に親切だが、私利私欲によって不祥事を起こした者に対し、正当性がないと判断したら、親戚であろうと冷酷な処遇を下すと聞いている。

今、彼はその一部の顔をクレリアに見せている。

「『誓約書』を破ってまで娘に会いたいという貴方の願いを、我が妻は受け入れた。その気持ちは十分くんだと思うが？　本来なら『誓約書』に書いてある通り、約束を破ったらこちらが立て替えた借金を返してもらうことになっているが、覚えておいでか？」

「も、もう十年も前の話だし……その誓約書は前アドルナート公爵と交わしたものだ。今は亡くなったのだし、もう無効だろう？」

「私は財や爵位だけでなく、父が興した事業や交わした契約書類すべてを受け継いだ。当然、まだ有効だよ」

いつの間に後ろに控えていたエドワードが、書類の入ったトレイを差し出した。

「忘れているようだから、もう一度読み直すか？　『借金を立て替える条件として、娘クレリアにアバーテ男爵の地位を引き継がせ、接触しない』。貴方は娘と会わない約束だけで多額の借金を立て替えてもらえることに嬉々としてサインをしたと聞いている。その後、正式な手続きをしてクレリアの籍を抜いて他人となったはず」

黙ったまま下を向いているトマーゾとマルタにフィデルは片手をさし出し、それからゆっくりと扉を指し示す。

「お引き取り願おう。今は国王陛下の生誕祭。他に招待客が大勢泊まっている。これ以上騒ぎが大きくなれば、奥方のご実家が都合の悪いことになるのでは？　ますます見捨てられそうだな」

マルタがフィデルを睨みつける。それからすぐに寄り添っているクレリアに恨みをぶつけた。

「初心《うぶ》な振りなんかしていい気になってるんじゃないよ！　いつか化けの皮剝がしてやるからね！」

「私の妻に関する悪い噂を流したり、悪戯をしたらどうなるか……落ち着いたらよくよく考えるといい」

捨て台詞を吐いたマルタにフィデルは追い打ちをかける。彼女はびくり、と全身を震わせたがクレリアに対してはまだ恨みがましいまま、トマーゾに引っ張られるように部屋から出ていった。

喧噪が去り、クレリアは腰が抜けてそのまま長椅子に座り込む。

「クレリア、やはり最初から私もいるべきだっただろう？」

フィデルは顔の色をなくしている彼女を優しく引き寄せ、マリィに水を頼む。

「すみません……私、まだどこか期待していたんだわ」

父に対する期待など残っていないと思っていた。だから冷静に話せる、まだ昔と変わらない生活を送っているのなら、『見捨てることが父のため』と言い切ることができると思った。

「まさか……マルタ様までも感化されていたなんて」

父が再婚した時に実家の直営店でよく手伝いをしている明るく、はきはきと物事を言ってくる娘だと聞いた。それが今や父と同じ濁った目をして、賭事に身を投じている。

「元々、似た者同士で気が合ったのかもしれないな」

しんみりとして話すフィデルの肩に、クレリアはそっと頭を乗せる。

「……フィデル様は、どうか賭事に夢中にならないで」

「それはないな」

――そうだった。修道女服と修道女服を着ている女性に夢中だった。

「そうでしたね。お屋敷に帰ったら、フィデル様のために修道女服に着替えますね」

そう言うクレリアの言葉にフィデルは、なんとも言い難い表情をする。

「以前は確かに、修道女服に見合う女性が着込んでいたら『尊い』と思う時があったが、今は……」

「今は？」

「クレリアに夢中だ」

そう鼻先に口づけを落としてくる。

「ま、まあ……フィデル様ったら」

こんなときにのろけられて驚いたが、嬉しい。鬱々とした気分が一気に晴れた気分だ。

「では、修道女服姿でいるのは止めましょうか？」

「——い、いや。クレリアの修道女服姿は本当に最高に清らかだから！　清涼剤なのだ、もう着ないとか言うのは止めてくれ」

焦るフィデルを横目にマリィが大げさに溜息を吐いた。絶妙なタイミングがおかしくてクレリアは笑う。

この穏やかな時間が、少しでも長く続くように——

フィデルの命の時が止まるその日まで、どうか安息の日々が送れるようクレリアは心の中で祈った。

七章

国王陛下の聖誕祭が終わり、冬将軍が冷たい風と連れ立って訪れる時期が近づいた。

「そろそろ庭の冬支度を始めないと……」

クレリアは窓から見える庭の寂しげな風景を眺めつつ、パンをちぎり口に入れる。

ここからは見えないが、彼女の頭の中には来年の春の匂い香る中庭を想像し、どこになんの花を植えようか？　など構想していた。それにともなった仕事はたくさんある。

「清掃は庭師が冬でもやっているから知っているが、「他にあるのかい？」

フィデル対面に座り、果汁を飲みつつ興味深げに尋ねてきた。

フィデルはアドルナート家の当主となるべく帝王学を受けてきているが、『当主として必要のない学』として切り捨てられたものは学んでいない。

なのでクレリアが自分の知らない知識を持っていることに尊敬もし、また彼女のやることに興味を持って色々と聞きたがった。

好奇心旺盛で、新たな知識を毛嫌いせずに受け入れる彼の柔軟さを、クレリアもまた尊敬していた。

「はい。庭の清掃はお手入れの基本ですからもちろん行います。土に菌や虫がつかないためにも枯れ枝や枯れ葉はこまめに掃除しなくてはなりません。あと『種取り』や『寒肥』も必要です。もっと寒くなれば霜対策も必要ですし、水やりにも気を遣わなくてはなりません」

「よく知ってるね。庭師として十分やっていけそうだ」

「修道院で育てる植物は大抵ハーブ類ですので、その他の種類はここに来るまでよく知らなくて、庭師の方にもしつこく聞いて勉強させていただいてます」

と肩をすぼめる。そんなクレリアにフィデルは頬を緩め、笑みを見せた。

ドゥランテ伯爵とその妻マルタからあれ以来、接触はない。そして手引きをしたアベラルドとジルベルタも。

なんでもマルタの実家であるベーア家から縁切りをされて焦っていたらしい。

爵位が欲しいマルタの父はトマーゾを婿養子に入れたが、しっかり者と思っていたマルタがトマーゾに引きずられるようにずるずると賭博にのめり込み、最初は少額だったのが堂々と大金を家から持ち出すようになった。最初は見逃していた実父も我慢ならないと、トマーゾごと屋敷から追い出したということだった。

アベラルドとジルベルタはフィデルから直接父に勧告が行って、現在は王都から遠く離れた別荘地で軟禁状態だという。

トマーゾとマルタが行方知れずというのが気になるが、現在はおおかた穏やかな毎日だ。

(こんな日々が続いて欲しい……あまりフィデル様にご負担をかけたら、いつ頭のご病気が悪化するかわからないもの)

その為にも――

「早く赤ちゃんが欲しい……」

「えっ?」

フィデルのグラスを持つ手が止まり、じっとこちらを見つめてくる。思わず口に出してしまったことに気づき、クレリアは全身を真っ赤に染めた。

「申し訳ありません……! 朝から、は、はしたないことを口走って……!」

「いや……う、うん……それは」

ごほん、とわざとらしい咳を一つするとフィデルは立ち上がる。

「まあ……子が授かるのは神のみぞ知る、であるからな……でも、善処しよう」

いそいそと玄関に向かうフィデルにクレリアも付き添う。

「行ってらっしゃいませ」

「ああ、今日は午後から会合がある。遅くなるから先に寝ていておくれ」

「わかりました」

フィデルが近づき影ができる。クレリアはそっと瞼を閉じ、彼からの口づけを受けた。

「……先ほどの『善処』は明日以降になりそうだ。勘弁しておくれ」

そっと耳元で囁かれ、触れる吐息と声音が鼓膜を響かせて切なくなってしまう。

「も、もう……！　まるで私が駄々をこねたような言い方をなさって」

誤魔化して声を上げるものの、そんなクレリアの心情などフィデルにはしっかりと気づかれていて、余裕の笑みを見せられてますます恥ずかしくなってしまう。

どんな表情も、彼女には甘い感覚を呼び起こすものでしかない。

「行ってくるよ」ともう一度頬に口づけを落とし、馬車に乗るフィデルをクレリアは、はにかみながら見送った。


フィデルを見送って、いつまでも余韻に浸っていてはマリィたちににやつかれる。

クレリアはエルマンノの、丈の短くて動きやすい見習い修道女服に着替えると、早々と中庭へ向かった。

「ジミー、おはよう。今日もよろしくね」

「おはようございます。奥様」

庭師のジミーもすでにクレリアの修道女服姿は見慣れているので、特に驚かないが、今日は顔をしかめながら口を開いた。

「奥様、今日は昨日より気温が下がって風もある。こんな朝早くから儂《わし》と一緒に庭の手入れなんぞしなくていいんですよ。もう少し日が高くなって暖かくなったら来てください。もしお風邪でも召されたら大変です」

「確かに昨日より気温は低いと思うけど、平気よ。修道院にいた頃は日が出る前に起きて、畑仕事や掃除などの奉仕活動をしていたのだから慣れているわ」

「しかしですな、万が一お風邪でも引いたらフィデル様がご心配されます」

「じゃあ、さっさと枯れ葉や枯れ枝をまとめてしまいましょう。集めた枯れ葉の中に落ちている種は温室で拾いますから」

それならいいでしょう？　と言われ、ジミーも渋々承知する。

「仕方ありませんな。その代わり、もう一枚何か羽織ってくだせえ」

「わかったわ」

クレリアは素直に応じ、ショールをきっちり頭から巻いてジミーと箒《ほうき》で枯れ葉や枯れ枝を集め始めた。

「しかしですなぁ、アドルナート公爵の奥様とあろう人が庭師と同じように汗水垂らしてこの木枯らしの吹く中、仕事するもんじゃありませんぜ」

それでもジミーはたらたらと不満を呟いていた。

「わかったわ。種拾いだけしたら、今日は大人しく屋敷で過ごします」

いつも愚痴の多い爺《じい》だが、今日は格別に不満が多い。きっと自分が風邪でも引いたら、フイデルに叱られると考えているのだろうとクレリアは思い、大人しく譲歩した。

それで安心したのかどうかわからないが、ジミーは黙りこくって作業を続けていた。

集めた枯れ葉や枯れ枝を台車に入れ、温室に運ぶと粗めに編んだ麻布の上に落とす。毎日やっているが昨晩は風が強かったせいか、いつもより量が多い。

「ありがとう、ジミー。あとはゆっくりやっているわ。外のことはよろしくね」

「……へぇ」

珍しく歯切りの悪い返事だ。彼は不満以外でもはっきりと物事を言うし、いつも応答ははっきりと返す爺だ。

(もしかしたら具合が悪いのに私が庭仕事にくるから、無理せざるをえなかったのかしら)

そんな考えに至ってクレリアは申し訳なく口を開く。

「ジミー、調子がよくなかったかしら……？　そうならもう休んで横になっていて。エドワードには話しておくから」

「いや……そんな年寄り扱いしないでくだせぇ。平気ですから――じゃあ、庭の種取りは儂に任せてください」

「お願いね」

ジミーは帽子を深くかぶり直すと、クレリアに頭を下げて温室から出ていった。

かたかた、と温室のガラスが揺れる。

（また風が強くなってきた……）

温室から眺める外ではまた、落ち葉がさざ波を立てながら地を這い始めていた。

クレリアはしばらくその光景を眺めていたが一息吐くと、持っていた手袋をはめ、こんもりと盛られた落ち葉や枯れ葉の山の前にしゃがみ、土や砂利を掻き分けていく。

そうして、地に落ちた種を拾って別に分けておくのだ。春先に庭にまけばまた花になる。放置しておくと、勝手気ままに根を張り、花をつけてしまうのでそれを避けるためだ。

種の種類の選別はジミーの方がずっと詳しい。集めた種は彼に任せる。

そうして黙々と種を探していたら、ヒューと、すきま風の入る音がしてクレリアは後ろを振り向く。

自分に向かってくる人物にクレリアは驚き、大きな声を上げ助けを求めたが、ふきすさぶ木枯らしの中、屋敷の方まで届くことはなかった……

日が暮れると一気に冷え込みが強くなった。

クレリアはショールをしっかりと肩に巻き、外を眺める。

人里離れた場所に建っている、廃墟と化した修道院の一室に閉じ込められてしまった。

耳を澄ましても人の声はおろか、獣も鳥の声さえも聞こえず、この周辺だけ別世界の空間のように思え、心細い。

それでも外で見張りをしているアベラルドと話す気どころか、近づくのも躊躇われた。——出入りを禁止しているアベラルドとジルベルタが庭とはいえ、侵入してくるとは思わなかった。

そのまま口を塞がれた、と思ったらあっという間に意識が遠のき気がついたら、この廃墟のボロボロになった長椅子の上に寝かされていたのだ。ここはきっと院長室なのだと思う。部屋の様子も古びて劣化している本棚と机は、エルマンノ修道院の院長室とどこか似ていた。扉は頑丈に鍵がかけられていて、クレリアの力では開けられないし、扉の前にはきっとアベラルドがいる。

突如、ガチャガチャと鍵を開ける音がし、クレリアは壁に背中をへばりつけ、開けて入ってきた青年を睨《にら》みつけた。

「冷えてきたな。薪《まき》を持ってきた。暖炉に火をくべよう」

そう言って暖炉に薪を並べて火をつけるも、なかなか上手くつかなくて苛ついていた。自ら暖炉に火をつけたことなんてないのだろう。ついたとしても、あちらこちらにひび割れや崩れのある建物で、すきま風まで入ってくるようなところでは完全に寒さなどしのげないだろう。

「ああ！　くそ！　全然火がつかねーじゃん！」

燐寸棒《マッチぼう》を暖炉の中に投げつけると、振り返りクレリアの方に向かってくる。

「クレリアさんなら火、つけられるでしょう？　つけてくれないかな？」

「……薪だけじゃ燃えないわ。乾いた藁《わら》とか木くずとかがないと」

「わかった。木くずならこの辺にあるものを削ればいいよね」

火を起こすこと一つもできないのに、どうして自分を誘拐してこんな場所に閉じ込めたのか。それでも、こうして素直に指示に従ってくれるだけましなのか。

どうにか暖炉に火がくべられた頃、もう辺りは闇だった。この火の明かりがなかったら寒いだけでなく、暗闇の中で過ごすことになっていただろう。

「食事はもう少し待っていて。ジルベルタが持ってきてくれるはずだから」

人をさらっておいて、どうしてこう普通に会話ができるのか。クレリアは不思議だった。現実味が湧いてこないのか？

「どうして私をさらったのです？」

「あー、そうか。フィデルから何も聞いていないんだ」

「私の父と後妻の関係で、遠い地の別荘に行ったと伺っております」

「まあ実質、見放されたというか、親子の縁を切られたというか……でも、温情で『別荘地で一生暮らして王都に戻ってくるな』というだけで、向こうで退屈だけどあくせくしない生活を送らせてもらえるんだから、それで満足すればいいんだけど——やっぱ刺激が欲しいでしょ？」

「そう、田舎暮らしなんてまっぴらだわ」と言いながら、ジルベルタが入ってきた。

そうして食べ物が入った籠をアベラルドに渡すと、クレリアを睨みつける。

「貴女がいなければ今頃、私がアドルナート公爵夫人だったのよ！　このままでは済まされないから」

「何をするつもりなの？」

「まず、貴女が受け継いだ財産を譲渡してもらうことからよ」

ジルベルタが意地の悪い笑みを浮かべた。

「どうして、貴女に？　それに私に財産があるって……」

ヒールの音がクレリアの耳にまで届き、おもむろに部屋に入ってきた女性に息を呑む。

「――知ってるのよ。トマーゾの目を掠めて前妻から財産を受け継いだことくらい」

「マルタ様……」

スレンダーなドレスに盛り上がるほど豊かな毛皮のストールを肩に羽織り、くゆる煙管を片手にマルタが言う。真っ赤に彩られた唇が禍々《まがまが》しく歪んだ。

「前妻のあんたの母親が亡くなった時、本来なら全部トマーゾが受け取るはずだったのを、ずるしたんだから」

「ずるなんかじゃありません。きちんと公正証書を作成し遺言として残したものでした。この目で確認しております。それにあればあるだけ使ってしまうでしょう、賭博に……」

「金なんて、使わなければ意味ないわ」

あははは、と大きな口を開けて笑いながらマルタは言葉を続ける。

「人生は短いのよ？　もっと楽しまなくちゃ。スリルと興奮に溢れた毎日が、こんなに楽しくて満ち足りたものだと思わなかったわ！　クレリア、貴女も、もっと自分を解放してみたら？　人生変わるわよ」

「お断りします。私は自分の欲求だけに捉われて、周囲を不幸にしてきた父を見てきています。たった一人で森の奥深くで生きるなら、そんな人生でもかまわないでしょう。でも私は人間社会の中で生きていく。そんな自分勝手な人生を送ることはしません」

そう、今はフィデルの妻だ。愛する彼と彼を愛する周囲の人々と共に生きていく。

（……それがたとえ短い間のことでも）

ちっ、と舌打ちする音がマルタの方から聞こえた。

「私たちの意見に賛成するのなら仲間にと思ったけれど、公爵がいなくてもこうなら仕方ないわね」

アベラルドと頷き合ったあと、彼が上衣の中ポケットから一枚の紙を出して。クレリアの前に広げて見せる。

——遺言書？

『私、クレリア・アバーテ・アドルナートは死後、トマーゾ・ドゥランテ伯爵に財産を譲る』

「ここに署名してよ。書いてくれないと困るんだよね。この書類作成してもらうのに結構金使ったんだ」

「偽装するつもりなのですか？」

「ちゃんとした正式な手続きに基づいて作成してもらったものだよ。けど、相手も片棒担ぐからそれ相応の金額を払ってさ、だから、署名してもらわないと借金が増えちゃう」

「……父は？　ここにいないようですけど」

トマーゾに譲ると記載されているのだ。父もこの計画に荷担しているのか？

この書類に署名したら、殺される。自分の死後まで待つような気の長い彼らでもないだろうし、今金策に逼迫しているのだからこうしてクレリアをさらったのだから。

「あの人、途中で怖くなって引き返していったわ。さすがに娘を手にかけるのは気が引けるようね——だからって、娘を殺して財を受け取るのには異存はないのよ。おかしいでしょ？」

(父まで協力しているの？　……そんなに賭博の方が大事なの？)

絶望に目の前が真っ暗になった。そこまで堕《お》ちてしまったのか、と。

同時、自分に降りかかっている危機にクレリアは身体が震えだす。

今頃は自分が消えたことで屋敷中、大騒ぎで捜索しているだろうが、ここまで辿り着けるとは考えづらい。

アベラルドたちが、屋敷の庭に侵入していたことにまず誰かが気づかないと。

「——ほら！　さっさと署名しなさいよ！　ここ、寒いんだから！」

ジルベルタが苛ついてクレリア引っ張り、無理矢理ペンを持たせる。書類を目の前にして腕を押さえられ、クレリアは必死に抵抗した。

「……くっ、いや、いやです！　——っ！」

マルタに腹を蹴られ、横倒れにされる。じんじんと横っ腹が痛んだ。

煙管のくゆりが顔に近づく。

「あんたの可愛い顔に、この熱い火玉を落としていこうか？　それとも目？　口の中？」

煙管の熱い先が瞼にかかる。

「マルタ姉さん、あまり目立つところに痕をつけたらやばいって。このあと、自殺に見せかけて殺すなら暴行の痕はない方がいいんだから。『父がアドルナート家に迷惑をかけて心苦しくて、自分の財産を譲って命を絶つ』って考えたでしょ」

「見えない場所ならいいんじゃない？　——たとえば、ここととかさ」

ジルベルタがせせら笑いながらクレリアの服の裾を上げる。すらりとした真白な腿が見える。咄嗟に裾を下ろそうとしたが、ジルベルタとマルタがそれを阻んだ。

「フィデル様が目を背けるほど、中を焼いてぐちゃぐちゃにしてやったらいいわ」

「止めて！」

「綺麗な身体で死にたかったら、さっさと署名しな！」

アベラルドがクレリアに再びペンを持たせ、署名欄に誘導する。

抵抗しようにも男の強い力に、逆らうことができない。

「ほら、早く書かないと。マルタ姉さんは、やるといったらやるよ？　いいじゃない、アドルナート家の財産には手を出さないっていうんだし」

「まぁ、あんたが死んだら私がフィデル様をお慰めして、妻の座におさまるから安心してよ。あの方の子供もちゃんと産んであげるわ」

ジルベルタの笑い声がやかましく響く。

署名したらすぐに殺されてしまうだろう。でも、署名するまでに私刑《リンチ》がずっと続くのかもしれない。

どちらを選んでも自分には『死』しかない。

（フィデル様……助けて……）

自分が受け継いだ財産だけで済むなら、釈放されるなら、署名したっていい。フィデルの元に戻れるのなら。

けれど生きて帰れるという選択はない。

なら、痛めつけられても署名はしない――私刑で儚くなっても、決して賭博に財産を使われるなどさせない。

そう、クレリアが決心した時だった。

「あの部屋だ！　明るいぞ！」


外から張り上げる声が聞こえた。

「フィデル様！　ここです！　クレリアはここです！」

――あの声は。

あらん限りの声を上げた。

「この女！」

マルタに頭を蹴られて衝撃が走る。

「クレリア！」

大勢の木床を駆けてくる靴音と、フィデルが自分を呼ぶ声。

アベラルドは真っ先に部屋から逃げ出した。

「兄様、待って！　私を置いていかないで！」

二人、声が上がる反対方向に逃げていく。

マルタは――

「負けた……賭けに負けちゃった……ああああ……」

腰が抜けたのかその場にしゃがみ込み、ブツブツと「賭けに負けた」という言葉を何度も繰り返し呟いている。その目は虚《うつ》ろでどこを見ているのかわからなかった。

「フィデル様！」

ランプを片手に、愛しい人が入ってきた。

柔らかな橙色の光に照らされた彼は、クレリアにとって真実に手をさしのべてくれる救いの手だ。

「クレリア……！」

恐怖で力が出なくて、それでも上半身を起こし必死に手をさしのべるクレリアを、フィデルはしゃがみ抱き締めてくれた。

「……よかった、間に合って。温かい君を抱き締めることができて……」

「フィデル様……ありがとうございます……っ、見つけてくれて……」

フィデルの腕の中に抱かれて、ようやく安堵感が湧き上がってくる。今までの緊張が一気に緩和され、涙が止まらなくなってしまった。

「わ、私……涙が止まらない……」

「いいんだ。思う存分お泣き。落ち着くまでずっとこうしているから」

フィデルの優しさと、頬にかかる胸の逞しさに今までの哀しみを吐き出すようにクレリアは泣き続けた。

クレリアが捕らわれた場所は、しばらく倉庫という形で利用していたが、老朽化して使用禁止にしていた。だが悪ふざけで中に侵入する輩が出てきたため、近所に住んでいる村人たちに管理を頼んでいたのだ。村人たちはとても献身的に言いつけに従って、毎朝と毎晩に交代で様子を見に行っていた。

そんなことなどつゆ知らず、マルタたちはそこを監禁場所に選んだのだった。

村人たちの通報により、フィデルを先頭にそこに出向きクレリアを保護できた。

そこは外観から元修道院だとわかったが、元エルマンノ修道院だということはあとから知ったことだ。

クレリアは、神の助力があったのだと思わずにいられなかった。

——そして、誘拐犯の処遇。

アベラルドとジルベルタを庭に引き入れたのは、庭師のジミーだった。

自分が任されていた庭の手入れに、クレリアが入ってきたのが気に入らなかった——たったそれだけの理由で、使用人でありながら主人の言いつけを破り、彼らを引き入れたのだ。

広い庭を一人で手入れするのは大変だからと、何人か雇っても彼がその独占欲と矜持の高さで、辞職へ追い込んでしまっていた。

今回は主人の妻で、追い出すわけにはいかず悶々《もんもん》としていたらしい。そんなジミーの心を見透かすように、アベラルドたちがつけ込んできたのだった。

当然の結果だが、ジミーは老後になって職を失うこととなった。

アベラルドとジルベルタはすぐに捕まり、フレーニ家から籍を抜かれ国外追放となった。

その後の彼らの行方は知れない。

トマーゾとマルタは——

まず廃爵が決定され、ベーア商会にはなんの得にもならない、毒にしかならない二人は引き続き勘当され、アドルナート公爵夫人誘拐殺人未遂を起こした罪で、国の中で最も屈辱といわれる『奴隷刑』で罰されることとなった。

奴隷制度が残っている周辺の国に連れていかれ、そこで一生奴隷として生きていくのだ。

クレリアはトマーゾが送られていく日、祈祷所に出向き一心に祈った。

——父が、己の罪に向かい合い反省する日が来ることを。

エピローグ

それから五ヶ月後――

エルマンノ修道院の葡萄園は今、葡萄の小さな花が愛らしく咲いている。

花びらのない地味な花だが、若々しい緑の葉と相まって人々の目を引く。

葡萄の樹の横には、病気をいち早く知らせるために薔薇も植えてあり、その濃厚な香りもそよ風に乗り、秋の収穫の時期と同じくらい気候がいい。

新緑の風景となった修道院周辺を見に行こうとフィデルが誘ってくれて、泊まりがけで小旅行にエルマンノに出かけたのだ。

久しぶりに見る光景は変わりない。クレリアは車窓から眺め目頭が熱くなった。

院長や馴染みの修道女たちと涙ながらの再会を果たし、二人で葡萄畑を散歩する。

「今年も、葡萄は豊作の見込みのようだ」

フィデルは下から咲いていく奥ゆかしい黄緑色の葡萄の花を眺めつつ、話した。

「今年もよい葡萄酒ができそうですね」

そう応えたあとクレリアは、躊躇いながらフィデルにお願いをしてみた。

「あの、もしよかったらなのですが……葡萄の収穫時期には私も、お手伝いに出向いてもよろしいでしょうか？」

クレリアの願いにフィデルは難儀そうに首を傾け、考え込む。

「もちろん、フィデル様がお嫌なら行きません」

公爵夫人としてやるべきことがたくさんある。それを後回しにして一定の期間滞在する、ということは難しいだろうか？　どきどきしながらフィデルからの返事を待つ。

「……一ヶ月ほどならまぁ。週一くらいは本城に帰って、お付き合いのあるご婦人からの手紙を確認してお返事しなさい」

「――ありがとうございます！」

嬉しさに飛びついてきたクレリアの腰を掴み、紳士らしく誘導してくれるフィデルに寄り添いながら葡萄園を回る。

「だが、条件がある」

おもむろに彼が口を開いた。それはそうだろう、一ヶ月も離れて暮らすのだ。何か条件が出てくるのは当たり前だ。

「はい、なんでしょう？」

こほん、と咳払いしてフィデルが言った。

「子ができたら、我慢をしてくれ。馬車の揺れは腹の子によくないからね」

「……はい」

そうだ、その可能性だって秘めている。

(そうよね。お世継ぎのことだって……)

クレリアにはまだその兆しがない。フィデルの病のことを考えれば少しでも早く子供を授かりたいが、これればかりは思うようにいかない。

先ほども修道院の祈祷所で子が授かるよう祈ってきたが、帰りもお願いしてこよう。

「──クレリア、ほらそこの果樹園」

重ねてフィデルが話しかけてきたので、クレリアは気持ちを切り替えて、フィデルが指した果樹園を見つめる。

そこは昨年、フィデルを案内した桃やイチジクが植えてある場所だ。今は薄桃の可憐な桃の花が咲いている。

「懐かしいです。そこで子供たちからたくさんの桃やイチジクをもらって……」

子供たちの笑顔を思い出して顔を綻ばすクレリアに、フィデルも頬を緩める。それからフィデルは衝撃的なことを告白した。

「そこの果樹園から下の葡萄園は、君が母君から譲り受けた土地だ」

「……えっ？」

一瞬、ぽかんとしたがクレリアは「嘘」と首を大きく振る。

「ここの土地は『エルマンノ』であって『アバーテ』では……母から譲られたものでは……」

「建て替えでこの土地に移った時に、修道院の名前は変えない方がいいと思ってのことらしい。正式にはこの土地は『アバーテ』のままだ。呼び名は修道院の名前を使って『エルマンノ』と呼んでる。もちろん、亡き母君と父との話し合いで決めたことだ。『ちょうどいい隠《かく》れ蓑《みの》になる』とね」

「信じられません……。育った土地が、受け継いだ私の土地だったなんて……」

「勿論、葡萄酒の収益の半分以上は君の財産として納められている。安心して欲しい」

「半分以上？」

「葡萄酒の工場はアドルナート家所有なんだ。いわゆる『共同出資』として何割かはいただいているよ」

「さすが、しっかりなさっているのですね」

しれっと言ってきたフィデルに、クレリアは笑ってしまう。

フィデルもつられて笑っていると、勉強の時間が終わったのか子供たちが孤児院から出てきた。二人を見ると嬉しそうに駆け寄ってくる。

「フィデル様！　クレリア!!」

「クレリアなんて呼びつけは駄目なんだぞ！　クレリア様だ！」

「あ、そうだった！」

言い合いながらも、今までと同じように彼女に抱きついてくる。

「もう！　呼び方が変わっても、接し方は変わらないんだから」

二人の周辺が子供の声で賑やかな中、瓶を両手で持ち小さな女の子がやってきた。早く傍に寄りたいのか、必死になって走ってきている。

「檸檬《レモン》の蜂蜜漬け作ったの！　食べてー!!」

「そんなに走ったら危ないって！　瓶の蓋もしてないじゃん！」

「大丈夫！」と女の子が言った途端、石につまづいてしまった。

「危ない！」

クレリアにあと数歩のところだったので、駆けて転ぶ前に女の子を抱き上げるが――ドレスに蜂蜜漬けがこぼれてしまった。

「これは着替えないと……」

胸元から裾まで檸檬ごとびっちゃりかかってしまい、周囲の子供たちが「いけないんだー」と女の子をはやし立てた。

「ごめんなさい」

と謝りながら泣く女の子を「大丈夫よ」と慰め、クレリアとフィデルは一旦修道院に戻った。

夕方までには本城に戻るつもりだったので着替えは持っておらず、修道女服を借りることになった。

(まさかこういったことで修道女服を着ることになるなんて)

白地のワンピースに薄紫色のスカラプリオ。清貧への献身を表す紐で腰を結ぶ。さすがにウィンプルとベールは遠慮した。正式な修道女でもないのに、そこまでお借りするわけにはいかない。

――だが、フィデルの瞳には十分に刺激的に映ったようだ。

「……ああ……神よ。ありがとうございます、私にこんなありがたい恵みを……！」

「フィ、フィデル様。お声を落として……っ」

大げさなリアクションで十字を切り、クレリアに祈りを捧げだしたフィデルを見た修道女たちは「奇妙な現象を見た」と言わんばかりに、視線を逸らしてくれたのはありがたかった。

フィデルはそんな周囲の行動を知ってか知らずか、

「檸檬の蜂蜜漬けをこぼしてくれたあの女の子に、あとでなんでも好きなものを送ってやっておくれ」

と、院長にまで言づけを頼む。

さすがに性癖が露見しただろうか？　とクレリアはフィデルの手を引いて修道院から出る。

一応、アドルナート家内での秘密だ。関係者以外、知られてはならない。

(従者のニコルを呼んできて、主城に戻った方がいいかしら？)

――クレリアが危機感を覚えるほど、フィデルが自分を見て興奮している。瞳の輝き方が尋常ではない。ただ感動して絶賛していただけのはしゃぎ方が、明らかに色情を帯びている。

(どうしましょう……？)

自分の腰を撫でる手が熱くなり、いやらしく巡る。

「フィデル様、あの、どうか落ち着いて。心をお静めになってください。ここではいけません。人がいます」

「人がいないところならいいのだな？」

「それならだいじょう――いいえ！　駄目です。ここは敬虔な場所ですから」

「外ならいいのでは？」

「修道院がすぐ目の前なのに」

「なら少し離れよう」

「で、でも人の目が……っ。こ、孤児院だってあるし」

「勉強に戻って誰もいない」

こんなに話のわからないフィデルは初めてだ。それに、今までクレリアが日替わりで修道女服を着て目の前にいても、敬い、性的な目で見ることはなかったのに。

（突然どうしてこうなったの？）

クレリアは混乱するばかりだ。

「後ろを向いて」

クレリア果樹園の奥へ導き桃の樹に向かって立たせ、幹に手をかけさせる。

「フィデル様、あ、あの……っ、きゃっ！」

ワンピースの上から尻をさらりと撫でられ、クレリアは小さく悲鳴を上げた。

「シッ！　大きな声を上げると気づかれてしまうよ」

「その悪戯な手を、止めてくだされぱいいのです」

そう言っているのに、フィデルの手は止まらない。尻から腿、そして背中や腰をいやらしく撫でながら、彼女の背後にぴたりと身体を合わせて動きを封じた。

着衣越しにもわかる。彼の下腹部辺りが硬くなっている。

「フィ、フィデル様……っ、ほ、本気で……？」

「この衣装といい、この姿勢といい……背徳感がそそる……」

天罰が下りそうなことを、うっとりと呟いている。

フィデルはその体勢のまま、クレリアのワンピースをまくり上げた。ドロワーズが晒されて、開かれている股ぐりから彼の手が忍び込んできて、クレリアは狼狽した。

本気だ。悪戯で終わらない。

「だ、駄目です。これ以上はいけません……！」

「静かに。往生際が悪い」

なぜかクレリアが叱られてしまう。悪いのはここでおイタをしようとするフィデルの方なのに。

「――あっ」

股を閉じぬように足を差し入れられて、ますます開かされてしまう。閉じられぬ花を、彼の指の腹がつつ、と撫で始めた。

「ん……っ、ぃ、いやぁ……」

フィデルの指が花びらに沿って撫で、まだ小さな花芯を擦る。後ろからという今までと違う体勢での行為に、クレリアの秘裂からは早くも蜜が生まれていた。

「身体は正直だ。欲しがってるよ、私を」

「こんな場所でこんなことを……もうっ」

フィデルの指はクレリアの身体を知り尽くしているというように、感覚だけで彼女のいいところを狙って触れてくる。

花びらを分け入って指が挿し入れられるとぴりり、と軽い刺激が背中まで伝わり、クレリアは切ない声を出す。

「はぁ……っ、ぅうん」

駄目なのに、抵抗できない。

フィデルの指は隘路の中をゆっくり丁寧に捏《こ》ね回《まわ》し、壁襞を刺激させた。

「あ、ぁあ……っ、い、いけません。も、もう……」

「確かにいけないことをしているな。院長に見られたら丸一日、説教されそうだ」

「だったらその手を、ぬ、抜いて……ひゃぁっ！」

フィデルは抜くどころか指をもう一本増やしてきて、クレリアを驚かす。

「クレリアが声を上げなければ平気だと思うが？　いや、小鳥のように鳴くから気づかれないかもしれないな」

——鼻がかった声で鳴く鳥なんているわけない。

「気づかれないなんて無理です……っ、人の営みの声だとすぐに気づかれて……」

振りほどいて逃げたいほど恥ずかしいのに、クレリアの中からは蜜を吐き、フィデルの指を濡らす。蜜壺になったそこから、嬉しそうにくちゅくちゅと音が鳴っていて、それが余計に二人の劣情を高ぶらせていた。

「これ以上、弄っていたら服が汚れてしまいそうだ。神聖な修道女服を汚してはいけないね」

——止めるのだろうか？

ほっとしたのに、どうしてか残念な感情も湧く。

いつ人が来るかもしれない果樹園の奥で、身体の中で一番感じやすい場所を捏ね回されるという経験に、クレリアの身体は過剰に反応してしまったらしい。

それでも——今の段階では羞恥心の方が勝っていた。

なのに、フィデルはクレリアの腰に手をあてがうと、ぐい、と引っ張った。

その行為に身体を硬直させたが、次の瞬間にはもう蜜壺に彼のそそり勃《た》ったものがずぶりと打ち込まれていた。

「……っ!?　ぁあっ！　そ、そんな、ひどい……」

隘路いっぱいに押し開かれていく。いつもより太く感じるのは自分が十分に濡れていないからだろうか？　と思ったが、引いては入るたびにねちっこい水音が聞こえるので、そうではないとわかる。

「ひ……っ、ああ、やぁ……っ」

押し込まれると、じゅぷ、と蜜が鳴りこぼれて彼を受け入れる。

背後から貫かれてクレリアの手は幹を彷徨う。あまりの衝撃と快感に逃すための場所を探していた。

「ああ……なんて光景なんだろう。修道服のワンピースの下は営みにいやらしく繋がっていて……。こうして腰を揺らすと隠微な音が中から聞こえてきて、私を背徳へ導いていくよ」

「ひぃっ、……っ、あ、ぁあっ」

遠目からは、ただフィデルが妻であるクレリアを後ろから抱き締めているようにしか見えないかもしれない。

されど近づけば、ワンピースの後ろの部分を上げ、腰を突き当てているのは丸わかりだ。

「ぁああ……、駄目、だめぇ……」

憧れのエルマンノの修道女服。着られたというのに、今修道院の掟《おきて》を破った行為をしている。

罪深いのに――この状態にクレリアも興奮している。

「駄目なものか。子を作る行為は神聖なものだよ……もしかしたら、ここで授かることができるかもしれないね」

「そ……うでしょうか?」

「『子種が欲しい』と言ってごらん」

酔いしれた彼の声音に刺激を受けたのか、きゅう、と蜜洞が締まる。

「クレリアの中はおねだりが上手だ。でも、言葉で伝えて欲しい」

疼く蜜洞から彼は剛直を先端部分ぎりぎりまで引いたかと思うと、また勢いよく入ってくる。みっちりと入っているのに、まだ膨らもうとしているフィデルの圧に、クレリアは快感に震えながら握り拳を作る。

――もう駄目。

「はぁ、ぁあ……っ。ぉ、お願い、します。フィデル様の、ほ、欲しい……っ、子種を……ください」

はしたなくも口に出す。

背後からずぶり、ぬぷりと突き上げられ、いつもと違う場所が違う角度でなぶられて、悦楽が炸裂する。

たまらずクレリアも自ら腰を突き上げ、フィデルとぶつかり合う。

「ああ……クレリア」

「ぁぁあああ――」

彼女の背中が弓なりにしなった。同時、フィデルの手がクレリアの口を塞ぐ。ここで嬌声を上げたら木霊してしまうかもしれないから。

頭の中が真っ白になり、蜜洞に温かな体液がほとばしった。

二人、幹に重なり合いながら寄り添う。フィデルの腰がゆるゆると動き、子種をクレリアの胎内の奥深くに送っているようにさえ思える。

互いに荒い呼吸を整えて、ゆっくりと向き合うとどちらともなく口づけを交わした。

性欲が収まり、身体が冷めてきて二人はここで事に及んでしまったことに突然、気恥ずかしさが湧き上がってくる。

「どうしてあんなに興奮したのだろう……？　いつもよりクレリアが扇情的に見えて……おかしいな。修道女服の姿だというのに」

「私もおかしいと思いました……あっ!?」

まさか、とクレリアは思い当たったことに青ざめ、フィデルに近づき頬や首筋に触れ、顔色や脈を見る。

「クレリア？　どうした？」

「頭痛がするとかありませんか？　どこか身体の変調などは？」

「いや」とフィデルは横に首を振る。

「『少しだけの頭痛なら』とか、思っておりませんか？　どこかおかしいところ、特に頭に異変が少しでもあるのなら、隠さずにおっしゃってください！」

あまりに必死なクレリアの姿に、フィデルの方は戸惑っていた。

「落ち着いてくれ、一体どうした？　確かにその、情事のあとの気だるさはあるが……それ以外は元気だ。問題ないし、月に一度の医師の健診だって『頭以外は健康』とお墨つきだ」

「――ああ！」

クレリアは絶望に顔を両手に伏せ、しくしくと声を上げ泣いた。

これに驚いたのはフィデルだ。

突然泣きだした彼女に、「どうして泣く？」と尋ねながらオロオロするより他ない。

とにかく泣きだしたクレリアを落ち着かせるために抱き締め、ゆっくりと歩きながら孤児院の子供たちが作った小さなベンチに座らせる。

「どうした？　私が何かクレリアを不安にさせることを言っただろうか？　遠慮しないで話して欲しい。私たちは夫婦なのだ、直すように善処するよ」

クレリアの前で跪き、優しく手を取るフィデルは夫婦となって半年以上も経つが、相変わらず優しく紳士的だ。

不治の病と言えるものを頭に抱えているというのに、こうして自分に気遣える余裕はどこから生まれてくるのだろう。

(泣いてばかりいられないわ。しっかりするのよ、クレリア！　妻としてフィデル様を支えていかなくては！)

――神よ、どうか私に力をお与えください。そしてできれば奇跡を。

「……フィデル様、お聞きします。どうか、嘘偽りなく私におっしゃってください」

「？　ああ……約束しよう」

小首を傾げたフィデルの端整な顔立ちを見つめる。歪み、痛みに苦しむ日が来るのかと思うとクレリアの涙腺がまた緩んできたが、ぐっと堪える。

「月に一度の健診で医師は、頭の具合はどうだとおっしゃっているんですか？」

「『いつもと変わりませんな』と」

「本当に？　ご病気が進行されているとかはないのですね？」

「……病気？　なんのだい？」

「決まっているではありませんか。『頭の病』のことです。『頭の病以外は健康』と医師はおっしゃっているのでしょう？　その頭の中に潜む病は、いつフィデル様の命をさらっていくのかわからないのですか？　もしわかるのなら、私、それまでに頭に潜む病を治す方法を見つけたいのです！」

そう、もっと早く尋ねるべきだった。きっと世界のどこかに彼の病を治す術を持つ医師が、治療法があるかもしれないのに。はっきり聞くのが怖くて今までやり過ごしていた。

(なんて弱虫な私……フィデル様は私にとって、何よりも大切なお方なのに)

クレリアに顔を向け、真剣な面持ちで聞いていたフィデルが不意に俯いた。

「……見つけて治ったら、クレリア。君は修道院に戻らずに、ずっと私の傍にいてくれるのか？」

クレリアは躊躇わず、「はい」と返事をした。

そうだ。自分は成人する二十歳になったら修道院に戻り正式な修道女になる。それまでの契約婚――だったはず。

でも今は、フィデルの隣にいることが自分の人生だと思えるようになっていた。

修道院の生活は毎日平和だった。過去の不幸な出来事を少しずつ癒してくれた。でも過ぎれば、ただ神にすがり、受動的で自分で何も考えなくて済む日々だった。

神の考えに添って生きていけばいいから。

「フィデル様と会って、私は貴方に恋をして……こうして縁があり夫婦となりました。たとえ最初は『仮初めの夫婦』だったとしても、今は私とフィデル様は互いに愛し合い、本当の夫婦になりました。私はこれからも貴方と寄り添って生きたい。自ら愛し、自ら愛した人のためにこの生を使っていきたい」

「……よかった。私も、君を修道院に戻したくないと、子供が生まれてもずっと私の傍にいて欲しいと思っている。愛しているから」

「フィデル様、だからこそお願いです。諦めないで頭の病を治す方法を探しましょう！」

クレリアは自分の膝の上に置かれた彼の手を握り締め、強く言った。

「治る方法はあると言えばある」

「あるのですか？　それは一体……！」

「それにはクレリア、君の助けが必要だ」

「私の助け……勿論です！　私は貴方の妻ですもの！　私のできることはなんでもやります！」

自分が彼の命を助けることができる――クレリアは歓喜し、たちまち顔の血色がよくなる。

「それはクレリア。君が毎日、私のために修道女服で生活してくれることだよ」

「……それは日課ではありませんか。確かに今日のような朝から外出の時は難しいことですが」

「うん、そうだ。私は、クレリア一人が傍にいてくれて、クレリアが毎日修道女服を着て傍にいてくれれば、ずっと元気に生活できる。クレリアが来る前はただ、たくさんの修道女服を着たトルソーの前で妄想して癒される日々だった。カメル修道会の茶色の修道女服を着た女性を想像して感激したり、ブリジット修道女たちの冠を自ら被って敬虔さを想像してみたり、スペイン風邪が大流行した地域の修道女たちの真っ白な衣装を見て、献身的な看病を想像して涙したり……」

「はあ……確かに不健康ですね……」

なるほど、自分が来る前は各修道女服の似合う女性を想像して楽しんでいたらしい。今でもこうして饒舌に語るのだ、当時は凄《すさ》まじかったに違いない。

「生きている女性にときめかない自分は、さぞかし不健康で病気のように見えただろう。いや、医師から見たら私の趣味事態が『頭の病』に見えるのだ」

——ええ!?

「では医師が申している『頭の病』というのは……フィデル様のご趣味のこと……?」

クレリアの頭の中がしばらく混乱した。

「専属の医師はどうにも堅物でね。父の代から修道女服に固執しているから、呆れて『頭の

っ？」

「で、でも……マリィは……フィデル様の『頭の病』について告白したら泣いて………病』とよく口にするのだ」

――あのとき、本当に泣いていたのだろうか？

(もしかしたら、誤解しているのがおかしくて笑っていた……？)

「な、なんてことなの……！」

哀しみの涙なんて引っ込んだ。刹那、もの凄《すご》い勢いで込み上げてくる、勘違いへの恥ずかしさと置きどころのない怒りに全身が熱くなる。

「フィ、フィデル様もひどいわ！　こんな回りくどいことをおっしゃらないで『勘違いだ』、とすぐに訂正してくだされぱいいのに！」

全身を朱に染めるクレリアを、フィデルは愛しげに抱き寄せる。

「その前に、私の傍に一生いてくれることを約束させたかったのだ。許してくれ」

「マリィもマリィだわ！　あとで話し合う必要があるわ！」

怒りが継続中のクレリアのその姿さえも可愛いとフィデルは、彼女の額に口づけを落とす。

「私のことを案じてそう言ったのだろう。悪気はなかったと思う」

「……もぅ」

額だけではなく、頬や鼻先、耳朶にも彼の唇が触れて、その温かさにクレリアは解されてしまう。

げんきんだと思うが、元々自分の勘違いから始まり、早くに尋ねればよかったのをずっと胸に抱いていたせいだ。

「私も怖がらずに、その言葉の意味を追及すればよかったのだわ……」

「怖かった？」

「ええ、とても……不安でした。『死』というのは生きている限り逃れられませんが、早くに愛する人が亡くなるかもしれないということに私……」

「こうして私の趣味を理解してくれる、優しい妻と出会ったのだ。それに自分の子を見るまでは、まだまだ死ぬわけにはいかないな」

その言葉にクレリアはむっとした。

珍しく不機嫌な表情になった彼女にフィデルは首を傾げる。

「どうした？」

「……子を産んだら、亡くなってしまう言いぐさです。子供が成長し、その子が結婚して、孫を連れてくるまで死なないと誓ってくださらないと」

「そうだな。歳をとってもクレリアの修道女姿を見ていたい」

「私がお婆ちゃんになっても見たいですか？　修道女姿」

「勿論！　きっといつまでも、清らかなのに可愛い修道女姿だろうな」

「仕方のない人」

ふぅ、とわざとらしく溜息を吐いたクレリアにフィデルは「えっ?」と焦る。

その顔を見てクレリアは「冗談です」と言うと、二人笑い合った。

それから——修道院の祈りがきいたのか、三ヶ月後にクレリアの懐妊が確認された。

以来、エルマンノ修道院は子宝が授かる修道院として名を馳《は》せる。

そしてその子供たちが、公爵である父に似た性癖だったかはまた別の話である。

あとがき

初めまして、そうでない方はまたお会いしましたね。深森ゆうかです。

ご縁がありまして、初めてハニー文庫で書かせていただけることになりました。

ヒロインは修道女見習いで、さる修道院に在籍しています。修道院は葡萄酒用の葡萄園を持っており、葡萄収穫祭というお祭りの最中に酔っ払いに絡まれたところをヒーローに助けてもらう、という場面から始まります。

実はヒーローは修道院の後援者で、彼を知らない人はいないほど知られた人物でしたので、ヒロインも知っているわけです。

けれど、ヒーローもヒロインを知っていて、これを機会にヒロインに結婚を申し込みます。

どうしてヒーローは、一介の修道女見習いであるヒロインを知っていたのか？　どうして結婚を申し込んだのか？

それは物語を読んでのお楽しみになります。

そして私の作品の傾向をご存じな上で、お買い上げになったと信じておりますが……全く知らなくてイラストとあらすじでお買い上げになった読者様、読んでビックリされたらすいません。

私の書く作品のヒーローたちは、たいへんに癖の強い者たちが多いのです。一癖も二癖も多く、ヒロインを中心に周囲の人間が振り回されてしまう、そんな人物像です。

しかし、そうでもヒロインに対しては実に誠実に愛を乞い、ヒロインを大切に扱う。そしてヒロインを命がけで守る。そんなヒーローが書きたいと常に思っています。

今回、この作品は読者様にそう思えた物語だったでしょうか？

コメディタッチで書きましたが、楽しんでもらえたでしょうか？

ここまで読んでくださり、ありがとうございました。

心から感謝申し上げます。

また皆様とお会いできることを願って！

深森ゆうか先生、鳩屋ユカリ先生へのお便り、
本作品に関するご意見、ご感想などは
〒101-8405
東京都千代田区神田三崎町2-18-11
二見書房　ハニー文庫
「公爵様は変わった趣味をお持ちですが、好きなんです！」係まで。

本作品は書き下ろしです

Honey Novel

公爵様《こうしゃくさま》は変《か》わった趣味《しゅみ》を
お持《も》ちですが、好《す》きなんです！

【著者】深森《ふかもり》ゆうか

【発行所】株式会社二見書房
東京都千代田区神田三崎町2-18-11
電話　03(3515)2311［営業］
　　　03(3515)2314［編集］
振替　00170-4-2639
【印刷】株式会社 堀内印刷所
【製本】株式会社 村上製本所

ISBN978-4-576-19200-0

https://honey.futami.co.jp/